dtv

Ausführliche Informationen über
unsere Autoren und Bücher
www.dtv.de

Matt Haig

Mit Illustrationen
von Chris Mould

Deutsch von
Sophie Zeitz

Von Matt Haig
sind bei dtv außerdem erschienen:
Ein Junge namens Weihnacht (28088)
Das Mädchen, das Weihnachten rettete (28128)
Ich und die Menschen (21604)
Die Menschen von A bis Z (21605)
Ziemlich gute Gründe, am Leben zu bleiben (28071)
Wie man die Zeit anhält (28167)
Echo Boy (71712)

Deutsche Erstausgabe 2018
dtv Verlagsgesellschaft mbH & Co. KG, München
© 2017 Matt Haig
© 2017 für die Illustrationen: Chris Mould
Titel der englischen Originalausgabe:
›Father Christmas And Me‹ (Canongate Books Ltd,
14 High Street, Edinburgh EH1 1TE)
© 2018 der deutschsprachigen Ausgabe:
dtv Verlagsgesellschaft mbH & Co. KG, München
Umschlaggestaltung: dtv nach einem Entwurf
von Chris Mould
Satz: Fotosatz Amann, Memmingen
Gesetzt aus der Caslon 11,75/14
Druck und Bindung: Druckerei C.H.Beck, Nördlingen
Gedruckt auf säurefreiem, chlorfrei gebleichtem Papier
Printed in Germany · ISBN 978-3-423-28965-8

Für Pearl, Lucas und Andrea

Woanders

Womöglich denkst du, du wüsstest schon ziemlich gut Bescheid über den Weihnachtsmann. Und *vieles* weißt du bestimmt auch. Du weißt wahrscheinlich von den Rentieren und der Spielzeugwerkstatt. Und du weißt, was er an Weihnachten macht. Davon gehe ich aus.

Aber worüber du vermutlich nicht Bescheid weißt, das bin ich.

Ich fange mit dem Teil an, der leicht zu glauben ist.

Ich heiße Amelia Wishart, und ich habe einen schwarzen Kater, der Käptn Ruß heißt. Ich komme aus London, wo ich gewohnt habe, bis ich elf Jahre alt war. Dann bin ich woanders hingezogen.

Und dieses *Woanders* ist der Teil, der vielleicht ein bisschen unwahrscheinlich klingt.

Ich könnte natürlich einfach sagen, dass ich nach Finnland gezogen bin – das zu glauben dürfte kein Problem sein, weil Finnland auf der Landkarte steht. Und irgendwie stimmt es auch. Ich bin wirklich nach

Finnland gezogen, allerdings in den nördlichsten Norden von Finnland, noch jenseits des Zipfels von Finnland, der Lappland heißt. Der Ort, an den ich zog, hieß einfach der Hohe Norden, und die Stadt hieß Wichtelgrund. Nur dass Wichtelgrund auf keiner Landkarte steht. Jedenfalls auf keiner von Menschen gezeichneten Landkarte. Denn die meisten Menschen können Wichtelgrund nicht sehen. Für die meisten Menschen ist es *unsichtbar*. Es ist nämlich ein magischer Ort. Und um magische Orte sehen zu können, muss man an Magie glauben. Doch die Menschen, die Landkarten zeichnen, gehören oft zu denen, die am wenigsten an Magie glauben.

In vielen Dingen aber ist Wichtelgrund eine ganz normale Stadt. Eine kleine Stadt. Eigentlich eher ein großes Dorf. Mit allem, was dazugehört. Mit Läden und Häusern und einem Rathaus. Und Straßen und Bäumen und sogar einer Bank.

Nur die Leute, die dort leben, sind anders. Völlig anders. Anders als ich. Und anders als ihr.

Sie sind nämlich keine Menschen.

Sie sind besonders. Sie sind magisch.

Sie sind …

Wichtel. Und das Komische ist, wenn alle anderen um dich herum Wichtel sind, dann sind es nicht die Wichtel, die seltsam oder anders sind.

Nein.

Das bist *du*.

Rentierstraße Nummer sieben

Am Rand von Wichtelgrund, in der Rentierstraße Nummer sieben, gleich neben der Rentierweide, wohnte der Weihnachtsmann.

Wie die meisten Häuser in Wichtelgrund war seines aus verstärkten Pfefferkuchenziegeln gebaut, und die Haustür war – anders als bei den meisten Häusern in Wichtelgrund – groß genug, dass ich mich beim Eintreten nicht bücken musste.

In dem Haus gab es lauter Dinge, die Spaß machten. Es gab eine Rutsche vom ersten Stock ins Erdgeschoss. Die Haustürglocke klingelte mit der Melodie von *Jingle Bells*. Überall lag Spielzeug herum. Die Küchenschränke waren voll mit den leckersten Süßigkeiten – Schokolade, Lebkuchen, Moltebeermarmelade. Im Wohnzimmer hing eine Kuckucksuhr, aus der zur vollen Stunde statt eines Kuckucks ein Rentier heraussprang. Und sie maß die Zeit nicht mit langweiligen Zahlen wie »sechs Uhr« oder »zwanzig nach neun«. Die Rentieruhr gab Wichtelzeit an, und die Wichtelzeit hatte Bezeichnungen wie *Wirklich sehr früh*, was sehr früh war, oder *Schon längst Schlafenszeit*, was ziemlich spät war.

Der Weihnachtsmann hatte bisher allein hier gelebt, aber nun gab er Väterchen Schlummer, dem Wichtelbettenschreiner, unverzüglich den Auftrag, zwei neue Betten zu fertigen und »das gemütlichste Katzenkörbchen der Welt« für Käptn Ruß.

»Und heute Nacht«, sagte er am ersten Tag, »schlafe ich unten auf dem Trampolin.« Ein sehr gemütliches Trampolin, wie er versicherte.

Der Grund für den plötzlichen Bedarf an zwei neuen Betten war die Ankunft von Mary und mir.

Mary Ethel Winters war die Frau, in die der Weihnachtsmann verliebt war. Er bekam ganz rote Ohren, wenn er sie ansah, und sie liebte ihn auch.

Sie war die freundlichste, warmherzigste Frau, die

mir je begegnet war. Sie hatte rosige Apfelbäckchen, und ihr Lächeln konnte einen ganzen Saal erwärmen. Ich hatte sie in London kennengelernt, nachdem mir das Schlimmste passiert war, was einem passieren kann. Meine Mutter bekam vom Schornsteinfegen eine schreckliche Krankheit. Ich pflegte sie, so gut ich konnte, aber die Krankheit war zu schwer. Ich konnte meine Mutter nicht retten. Mein Vater war weg, seit ich klein war, deshalb steckte man mich nach dem Tod meiner Mutter in Mr Jeremiah Creepers Arbeitshaus. Es war furchtbar dort. Der einzige Lichtblick war Mary, die in der Küche arbeitete und heimlich die dünne Grütze zuckerte, die wir zu essen bekamen. Das werde ich ihr nie vergessen.

Auch Mary hatte ein hartes Leben hinter sich. Bevor sie ins Arbeitshaus kam, war sie obdachlos gewesen und hatte bei den Tauben auf einer Bank an der Tower Bridge geschlafen.

Und als der Weihnachtsmann nach einem Jahr kam, um mich und Käptn Ruß aus dem Arbeitshaus zu retten, nahmen wir Mary einfach mit.

Wir kamen am ersten Weihnachtsfeiertag in Wichtelgrund an, als die Kinder in der Menschenwelt mit ihren Geschenken spielten. Es gab den größten Weihnachtsschmaus, den ich je gesehen hatte, und dazu spielte die fröhlichste Kapelle, die ich je gehört hatte, eine Wichtel-Band namens Schlittenglöckchen. Es wurde gelacht und gesungen und Spickeltanz getanzt.

Der Spickeltanz ist ein äußerst komplizierter Wichteltanz mit viel kräftiger Beinarbeit, wilden Drehungen und ein paar magischen Luftschwebungen.

»Ich glaube, es wird dir hier gefallen«, sagte der Weihnachtsmann später zu mir, als wir auf dem zugefrorenen See Schlittschuh liefen.

»Ja, das glaube ich auch«, sagte ich.

Und es stimmte. Es gefiel mir hier. Eine Zeit lang zumindest. Bis ich mein Glück in tausend Scherben schlug.

Hoffnungs-Karamell

In Wichtelgrund gab es eine breite Straße, die überallhin führte und Hauptstraße hieß. Bei Straßennamen waren die Wichtel nicht sehr einfallsreich. Zum Beispiel hatten sie eine andere Straße, die sieben Kurven hatte, einfach Sieben-Kurven-Straße genannt.

Jedenfalls waren wir auf der Hauptstraße unterwegs, und um uns herum wuselten geschäftig die Wichtel. Es gab Läden für Holzschuhe, Wämser und Gürtel. An der Hauptstraße befand sich auch die Schule der Schlittenkunst. Hier gab es alle möglichen Schlitten, aber keiner war so großartig wie der, mit dem ich nach Wichtelgrund gekommen war – der Schlitten des Weihnachtsmanns. Momentan parkte er auf der Rentierweide.

Der Weihnachtsmann winkte einem Wichtel zu, der dünn und (für einen Wichtel) ziemlich groß war und gerade einen kleinen weißen Schlitten polierte. Der Schlitten funkelte und sah sehr schnittig aus.

»Hallo, Kipp! Ist das der neue Schlitten, von dem ich so viel höre?«

Der Wichtel lächelte. Es war ein kleines Lächeln. Wie ein Lächeln, das von sich selbst überrascht ist. »Ja, Weihnachtsmann. Das ist der Blizzard 360.«

»Tolle Kiste. Einspänner?«

»Für ein Rentier, genau.«

Und dann begann der Weihnachtsmann eine lange, langweilige Unterhaltung mit Kipp über Tachometer und Zuggeschirre und Höhenmeter und Kompasse.

Er beendete das Gespräch mit der Frage: »Dürfen die Schlittenschüler damit fliegen, wenn das nächste Halbjahr beginnt?«

Kipp sah schockiert aus. »O nein«, sagte er, »das ist

kein Kinderschlitten. Sieh dir die Maße an. Er ist für große Wichtel – nur für Erwachsene.«

Da legte Mary den Arm um mich und erklärte: »Die Wichtelschule bekommt dieses Jahr eine neue Schülerin. Ein Kind, das größer ist als die Wichtelkinder. Sogar größer als die erwachsenen Wichtel.«

»Das ist Amelia«, stellte mich der Weihnachtsmann vor, »und glaub mir, Kipp, im Schlittenfliegen ist sie ein echtes Naturtalent.«

Kipp starrte mich an und wurde schneeweiß im Gesicht. »Aha. Hm. Äh.«

Und das war's. Dann polierte er weiter seinen Schlitten, und wir setzten unseren Weg über die Hauptstraße fort.

»Armer Kipp«, sagte der Weihnachtsmann nachdenklich. »Er hat in seiner Kindheit Schreckliches erlebt.«

Alle anderen Wichtel, denen wir begegneten, waren sehr freundlich und gesprächig. Mütterchen Bria, die Gürtelmacherin, stattete den Weihnachtsmann mit einem neuen Gürtel aus. (»Dein Bauch ist wieder gewachsen, Weihnachtsmann! Wir müssen ein Loch extra machen.«)

Dann gingen wir zum Bonbonladen, wo uns Kringel, die Zuckerbäckerin, ihre neuesten Erfindungen kosten ließ. Wir probierten lila Moltebeerbonbons und scharfe, nach Anis schmeckende Drops namens Blitzens Rache (benannt nach dem Lieblingsrentier des Weihnachtsmanns) und einen Lutscher namens Friedenspfeife.

»Friedenspfeife?«, fragte ich.

Kringel zeigte auf ihr Baby, die kleine Suki, die ein niedliches Gesicht und spitze Ohren hatte und friedlich in ihrer Babywippe saß, wo sie an einem Lutscher lutschte.

»Bei ihr wirkt er immer«, sagte Kringel.

Doch die unglaublichste Süßigkeit in ihrem Laden hieß Hoffnungs-Karamell.

»Karamell«, rief ich und klatschte in die Hände. »Ich liebe Karamell. Wieso heißt es Hoffnungs-Karamell?«

Kringel blickte mich an, als hätte ich etwas Albernes gesagt. »Na, es schmeckt genauso, wie du es dir erhoffst.«

Als ich ein Stück in den Mund schob, hoffte ich, dass es weich und sahnig wäre, und es war weich und sahnig, und dann hoffte ich, dass es nach Apfelkuchen schmeckte, und da wurde die Süße in meinem Mund warm und fühlte sich genauso an wie ein Bissen frischer Apfelkuchen, und dann dachte ich an die heißen Maroni, die ich an Weihnachten früher in London gegessen hatte, bevor meine Mutter krank wurde, und schon hatte ich den zarten, krümeligen Geschmack meiner Erinnerung im Mund. Der letzte Geschmack war köstlich, aber er machte mich auch traurig, weil ich meine Mutter vermisste, also schluckte ich schnell herunter und verzichtete auf ein zweites. Stattdessen nahm ich ein Kicherbonbon, das an der Zunge kitzelte und mich zum Lachen brachte.

Jetzt klingelte die Ladenglocke, und herein kam ein hübsch angezogenes Paar. Beide trugen ein rotes Wams. Der eine hatte eine Glatze und eine Brille, der andere war rund wie ein Globus.

»Oh, guten Tag, Pi«, sagte der Weihnachtsmann zu dem Wichtel mit der Brille. Dann wandte er sich an mich. »Pi ist dein neuer Mathematiklehrer.«

»Guten Tag«, sagte Pi, Lakritze kauend, »du bist also das Menschenkind. Ich habe von der Mathematik der Menschen gehört. Sie klingt wirklich lächerlich.«

»Ich dachte, Mathematik wäre überall gleich«, sagte ich verwirrt.

Pi lachte. »Ganz im Gegenteil, mein Kind, ganz im Gegenteil!«

Dann wurde ich seinem Freund vorgestellt, der Kolumbus hieß. »Ich bin auch Lehrer. Ich unterrichte Erdkunde.«

»Ist Wichtelerdkunde wie Menschenerdkunde?«, fragte Mary.

Der Weihnachtsmann antwortete für Kolumbus. »Nein. In der Menschenerdkunde gibt es Wichtelgrund ja nicht einmal.«

Wir aßen noch ein paar Süßigkeiten und kauften auch welche für zu Hause. Dann verabschiedeten wir uns von Kringel, Pi und Kolumbus und traten wieder auf die Hauptstraße hinaus. An einem Zeitungsstand wurde der *Tagesschnee* feilgeboten, die Wichtelzeitung.

»Oje«, seufzte der Weihnachtsmann. »Keine Schlange vor dem Zeitungsstand. Keiner will mehr den *Tagesschnee* kaufen.«

Ich wusste ein paar Dinge über den *Tagesschnee*. Er war die wichtigste Zeitung in Wichtelgrund. Früher war er von einem Wichtel namens Väterchen Wodol herausgegeben worden. Doch Wodol war ein böser Wichtel. Er hatte den Weihnachtsmann von Anfang an nicht gemocht, und als Nikolas, wie der Weihnachtsmann mit Vornamen hieß, als kleiner Junge nach Wichtelgrund gekommen war, hatte Wodol ihn sogar ins Gefängnis sperren lassen. Damals war Wodol nämlich der Vorsitzende des Wichtelrats gewesen. Er hatte Wichtelgrund regiert und den Wichteln eingeredet, sie müssten Angst vor Fremden haben, vor den Menschen zum Beispiel. Als dann der Weihnachtsmann zum Vorsitzenden gewählt wurde und ihn ablöste, blieb Wodol zunächst Chef der Zeitung – bis letztes Weihnachten herauskam, dass er bei einem Angriff auf Wichtelgrund mit den Trollen unter einer Decke gesteckt hatte. Zur Strafe musste er zwar nicht ins Gefängnis (in Wichtelgrund gab es kein Gefängnis mehr), aber er musste den *Tagesschnee* abgeben und in ein ganz kleines Häuschen in einer ganz ruhigen Straße umziehen, die Ganz Ruhige Straße hieß. Die Ganz Ruhige Straße ist eine wirklich schwere Strafe für einen Wichtel, weil Wichtel Ruhe *hassen*.

Das Problem war nur: Seit Nusch, die ehemalige Rentier-Korrespondentin, die Zeitung übernommen hatte, war zweierlei passiert. Erstens war der *Tagesschnee* viel besser geworden. Zweitens verkaufte er sich nicht mehr. Fast schien es, als hätten die Wichtel die Lügen und die Hetze, die Väterchen Wodol früher in der Zeitung verbreitete, lieber gelesen.

Ich erwähne das hier nur, weil es für die späteren Ereignisse dieser Geschichte eine Rolle spielte. Doch als wir aus Kringels Bonbonladen traten, beschäftigte mich etwas ganz anderes.

»Ich war noch nie in einer Schule«, sagte ich. »Im Arbeitshaus haben wir nichts gelernt, wir mussten immer nur arbeiten. Außerdem klingt die Wichtelschule wirklich seltsam. Wie soll ich da bloß zurechtkommen?«

»Ach«, sagte der Weihnachtsmann, »das schaffst du schon. Du warst doch von Anfang gut im Schlittenfliegen, oder nicht?«

»Aber was ist, wenn …«

»Liebes Kind«, sagte der Weihnachtsmann, »mach dir keine Sorgen. Wir sind hier in *Wichtelgrund*. Hier ist alles möglich. Es ist genau wie bei dem Karamell, das du gekostet hast. In Wichtelgrund erfüllt sich jede Hoffnung.«

»Ist das Leben hier wirklich so einfach, Nikolas?«, fragte Mary.

»Manchmal schon«, sagte der Weihnachtsmann.

Und es war so leicht, seine Zuversicht zu teilen, als wir über die Hauptstraße gingen. Alles sah so bunt und fröhlich aus.

Plötzlich bemerkte ich, dass der Weihnachtsmann und Mary einander bei der Hand hielten, und sie sahen einfach reizend dabei aus. Sie waren, glaube ich, das Reizendste, was ich je gesehen hatte. Und ich war so gerührt von ihrem Anblick, dass ich einfach aussprach, was ich dachte, und das war: »Ihr solltet heiraten!«

Verdutzt drehten sich die beiden auf der fröhlichen, geschäftigen, verschneiten Straße um und starrten mich an.

»Tut mir leid«, sagte ich, »das ist mir so rausgerutscht.«

Da sahen sie einander an und mussten beide lachen.

Und Mary sagte: »Was für eine ausgezeichnete Idee, Amelia!«

Und der Weihnachtsmann sagte: »Die beste Idee, von der ich je gehört habe!«

Und so kam es, dass Mary Ethel Winters den Weihnachtsmann heiratete.

Die Weihnachtsfrau

Am letzten Tag der Winterferien fand in Wichtelgrund die Hochzeit statt, einen Tag vor meinem ersten Schultag. Ich war froh, dass ich etwas hatte, worauf ich mich freuen konnte und das mich von der Schule ablenkte.

Im Gemeindesaal war ganz Wichtelgrund versammelt. Es waren auch ein paar Elfen aus den Waldigen Hügeln eingeladen. Die Wahrheitselfe kam mit ihrem Freund, dem Lügenelf. Der Lügenelf machte mir ein Kompliment wegen meiner runden Ohren, was ich ein bisschen beunruhigend fand. Auch die Rentiere waren da. Blitz hatte dem Weihnachtsmann versprechen müssen, dass er während der Trauung nicht auf den Boden machte, und er hielt sein Versprechen. Es war auch ein Tomtegubb gekommen. Von Wichteln und Elfen hatte ich schon in London gehört, aber von Tomtegubbs noch nie. Anscheinend gab es nicht viele von ihnen, und man fand sie nur östlich von Wichtelgrund. Tomtegubbs haben keine Namen, und sie sind auch nicht männlich oder weiblich. Sie sind einfach Tomtegubbs und haben verschiedene Farben. Das Tomtegubb, das gekommen war, leuchtete gelb, ein pummeliges kleines Ding, das die ganze Zeit lächelte und vor sich hin summte. Käptn Ruß war auch da und naschte Kuchenkrümel vom Boden.

Ach, und es gab sogar ein Erdbeben. Jedenfalls fühlte es sich so an. Aber es war bloß eine Trollfrau, die zu Fuß vom Tal der Trolle zur Hochzeit gelaufen kam. Um genau zu sein, war es Urgula, die oberste Troll-Anführerin, die noch größer war als all die Trolle und Übertrolle, deren Chefin sie war. Sie war so riesig, dass sie nicht ins Rathaus passte, sondern draußen im Schnee saß, doch sie linste durchs Fenster. Ich sah sie nicht ganz, nur einen Ausschnitt ihres Kopfs, von dem das Haar so wild abstand wie die Äste eines Baums im Sturm.

Der Weihnachtsmann öffnete das Fenster und be-

grüßte sie. »Hallo, Urgula, wie schön, dass du gekommen bist.«

Urgula lächelte und zeigte ihre drei Zähne, jeder so groß wie eine vermoderte Tür. »Isch bin hier, um eusch von uns Trolle das Allerbeste zu wündsche.«

»Das ist aber lieb«, sagte Mary, die neben dem Weihnachtsmann stand.

Die Schlittenglöckchen spielten ein Lied, das sie eigens für den Anlass komponiert hatten. Es hieß: *In meinen Augen bist du wunderschön, mein Herz (auch wenn du ein Mensch bist).*

Väterchen Toppo, der beste Freund des Weihnachtsmanns, nahm die Trauung vor. Wie ich bald erfuhr, verlief eine Hochzeit bei den Wichteln ein bisschen anders als bei den Menschen.

»Seht einander in die Augen und versucht, nicht zu lachen«, sagte Väterchen Toppo.

Was beiden gelang, bis Toppo anfing, ein paar furchtbar alberne Witze zu erzählen.

»Was ist das beste Weihnachtsgeschenk?«

»Ich weiß nicht«, sagte Mary.

»Eine kaputte Trommel! Sie ist einfach unschlagbar ... Kapiert?«

»Ja«, sagte der Weihnachtsmann. »Den hast du von mir!«

Aber Toppo hatte noch mehr auf Lager. »Was sagt: ›Oh, oh, oh?‹ – Der Weihnachtsmann im Rückwärtsgang! Weil du doch immer ›Hohoho‹ sagst. Alles klar? ... Geht ein Skelett zum Arzt. Sagt der Arzt: ›Sie hätten früher kommen sollen!‹ Versteht ihr?« Und so ging es immer weiter. Bis der Weihnachtsmann und Mary irgendwann doch lachen mussten – nicht, weil die Witze so lustig waren, sondern, weil sie so schlecht waren. Und genau in diesem Moment – als beide gleichzeitig losprusteten – erklärte Väterchen Toppo: »Und damit seid ihr VERHEIRATET!« Denn so wurde in Wichtelgrund die Ehe geschlossen. Indem man mitten in der Trauung zusammen lachen musste.

Als Frau des Weihnachtsmanns war Mary nun automatisch die Weihnachtsfrau. Außerdem wurde sie Mitglied des Wichtelrats, was bedeutete, dass sie an Versammlungen teilnehmen und bei Fragen, die das Leben in Wichtelgrund betrafen, mitentscheiden konnte. Theoretisch konnte jeder Mitglied des Wichtelrats werden. Aber die meisten Wichtel hatten keine Lust dazu, weil die Versammlungen schrecklich langweilig waren und sie Ausschlag davon bekamen. Gemein juckenden Ausschlag.

Nach dem Sprechteil der Hochzeit kam der Essensteil (mit *sehr* viel Essen), und dann kam wieder Musik, und dann kam noch mehr Spickeltanz.

Gegen Ende der Feier tauchte ein grimmiger Wichtel mit schwarzem Bart auf, stapfte durch die Menge und warf dem Hochzeitspaar und jedem, der sonst noch fröhlich aussah, finstere Blicke zu. Was auf praktisch alle im Saal zutraf, bis auf die Wahrheitselfe, die wünschte, der Weihnachtsmann wäre unverheiratet geblieben. Das wusste ich, weil ich gehört hatte, wie sie sagte: »Ich wünschte, der Weihnachtsmann wäre unverheiratet geblieben.« Es war also kein so schöner Tag für sie.

»Amüsierst du dich gut?«, fragte ich die Wahrheitselfe arglos.

»Das ist der schlimmste Tag meines Lebens«, antwortete sie, bevor sie sich rasch ein Stück Hochzeitstorte in den Mund stopfte.

Der grimmige Wichtel war Wodol. Als der Weihnachtsmann sein Glas hob, um einen Trinkspruch auszubringen, sah ich, wie Wodol angespannt auf Nikolas' Becher mit dem Moltebeersaft starrte.

»Liebe Wichtel, Elfen, Menschen, Rentiere, Troll – oh, und Tomtegubb – vielen Dank euch allen, dass ihr gekommen seid. Heute war ein ganz besonderer Tag für mich. Wie eine Million Weihnachten zusammen. Weil ich das liebste und lustigste Geschöpf geheiratet habe, dem ich je begegnet bin – das bist du, meine Weihnachtsfrau –, und weil ihr alle mit mir feiert. Und dann möchte ich noch jemanden hier erwähnen.« Er zeigte auf mich. »Da steht sie. Amelia Wishart. Das Mädchen, das Weihnachten rettete. Ich habe viel von ihr gelernt. Vor allem hat sie mir gezeigt, welche Macht die Hoffnung hat. Wie ihr wisst, ist Hoffnung eine Art Magie. Und so hoffe ich und glaube fest daran, dass die Wichtelgrunder Amelia und meine liebe Mary willkommen heißen und ihnen das Gefühl geben werden, bei uns zu Hause zu sein. Genau wie ich sehen Amelia und Mary ein bisschen anders aus als ihr, aber ich versichere euch, dass sie unser Leben hier in Wichtelgrund sehr bereichern werden.«

»Bravo«, rief Nusch, die neben ihrem Urururururgroßvater Toppo stand und ihren Sohn, den Kleinen Mim, auf dem Arm hielt.

»Sehr wahr!«, rief Väterchen Toppo. »In Wichtelgrund ist es viel lustiger, wenn hier alle willkommen sind. Ein Dorf, in dem nur Wichtel leben, ist so langweilig wie ein Weihnachtsbaum, unter dem immer nur dasselbe Geschenk liegt.«

»Ich freue mich sehr, hier zu sein«, sagte Mary, »und ich weiß, dass es Amelia auch so geht. Nicht wahr, Amelia?«

Der ganze Saal sah mich erwartungsvoll an.

»O ja«, sagte ich, »ich bin echt froh. Hier ist es viel besser als im Arbeitshaus, das kann ich euch sagen.«

Die Wichtel lächelten, aber ich sah etwas wie Verwirrung in ihren Gesichtern. Ich schätze, es lag daran, dass ich wirklich *sehr* anders war. Ich war sogar anders als Mary und Nikolas. Ich hatte kein bisschen Drumwick in mir. Ein Drumwick ist ein Wichtelzauber. Der Zauber, mit dem der Weihnachtsmann gerettet wurde, als er noch ein kleiner Junge war, und mit dem er letzte Weihnachten Mary gerettet hatte. Nur ich konnte nichts von dem, was die Wichtel, der Weihnachtsmann und Mary – sobald sie ihren Drumwick-Kurs bestanden hatte – tun konnten. Aber das machte mir nichts aus. Da jedenfalls noch nicht. Es gefiel mir sogar, dass ich anders war. In London war ich mein Leben lang unsichtbar gewesen. Eins von vielen armen, schmutzigen Kindern. Es gefiel mir, dass ich hier auffiel. Ein klein wenig hatte ich das Gefühl, etwas Besonderes zu sein, und das hatte ich noch nie gehabt.

Der Weihnachtsmann kam mir zu Hilfe, indem er sagte: »Jetzt lasst uns unser Glas heben und auf Glück und Freundschaft trinken! Ganz egal, wer man ist oder wo man herkommt – bei uns in Wichtelgrund sind alle herzlich willkommen.«

In diesem Moment fiel mir auf, dass Wodol den Blick immer noch starr auf den Kelch in der Hand des Weihnachtsmanns gerichtet hatte. Und gleichzeitig bemerkte ich, wie der Kelch zu zittern und zu beben begann. Der Weihnachtsmann bekam einen Schreck und versuchte, den Kelch festzuhalten, aber vergebens. Er flog ihm aus der Hand, sauste quer durch den Saal und landete laut scheppernd vor meinen Füßen. Am Boden breitete sich eine orangerosa Moltebeersaftpfütze aus.

Doch niemand merkte, dass Wodol damit zu tun hatte, weil niemand außer mir gesehen hatte, wie er den Weihnachtsmann angestarrt hatte.

»Was war denn das?«, fragte Mary.

»Keine Ahnung«, sagte der Weihnachtsmann.

»Das war *er*«, rief ich und zeigte auf den schwarzbärtigen Übeltäter.

Im Saal wurde es auf einmal ganz still. Alle sahen mich erschrocken an. Sogar der Weihnachtsmann.

»Es war W-W-W...« Doch ich konnte den Satz nicht zu Ende sprechen, weil ich plötzlich den Mund nicht mehr aufbekam. Meine Lippen klemmten, als hielte sie jemand zu, doch es war niemand in der Nähe.

Und dann wurde mir klar: Das war Wodols Werk.

»Ich weiß nicht, wovon das Menschenkind redet«, sagte Wodol scheinheilig. »Jedenfalls ist es offensichtlich Unsinn.«

Ich wollte mich verteidigen, aber ich konnte nicht. Dann sah ich die besorgten Gesichter von Mary und dem Weihnachtsmann, und weil ich ihnen auf keinen Fall das Fest verderben wollte, zuckte ich nur mit den Schultern und brachte ein gepresstes Lächeln zustande.

Der Weihnachtsmann sah seine leere Hand an und dann die Pfütze zu meinen Füßen. Er schob die Unterlippe vor. »Ach, was soll's, nur etwas verschütteter Saft. Wir sind hier, um zu feiern!« Er klatschte in die Hände. »Schlittenglöckchen, spielt noch ein Lied!«

Die Musik setzte wieder ein, die Wichtel drängten auf die Tanzfläche und wetteiferten im Spickeltanz. Ich tanzte auch, auf meine ziemlich unmagische Menschenart, bis Väterchen Wodol herüberkam und sich vor mir aufbaute.

Ich hatte ein bisschen Angst vor ihm, aber ich war

fest entschlossen, mir nichts anmerken zu lassen. Also fragte ich: »Tanzt du gern?«

»Nein, ich tanze nicht gern«, sagte er. »Das Problem ist nämlich, dass du genau aufpassen musst, wo du hintrittst. Wenn du nur einen falschen Schritt machst, kann das bitterböse Konsequenzen haben.«

Ich lachte. »Ich glaube nicht, dass man das Tanzen so ernst nehmen sollte.«

Aber dann wurde mir klar, dass Wodol nicht vom Tanzen sprach, denn er sagte: »Ich spreche nicht vom Tanzen.«

»Oh.«

»Ich spreche von dir.«

»Und warum muss ich aufpassen, wo ich hintrete?«

»Weil du viel zu große Füße hast.«

»Wie bitte? Meine Füße sind genau richtig. Ich bin ein Mensch.«

»*Eben.*« Seine Augen wurden groß und funkelten. Er sah mich wütend an. »Du bist ein Mensch. Du gehörst nicht hierher.«

»Der Weihnachtsmann ist auch ein Mensch. Mary ist ein Mensch. Gehören sie etwa auch nicht hierher? Das scheinen die übrigen Wichtel aber anders zu sehen.«

Wodol kam näher, damit er ganz leise sprechen konnte. »Ha, du kennst die Wichtel schlecht. Ihre Launen sind wechselhaft, musst du wissen. Wenn du nur einen falschen Schritt tust, stellen sie sich alle gegen dich. Du wirst schon sehen. Dafür sorge ich.«

»Ich hab keine Angst vor dir.«

»Noch nicht«, sagte er. »Du hast *noch* keine Angst vor mir. Aber pass bloß auf, wo du deine großen Füße hinsetzt.«

Dann drehte er sich um und ging, und alle anderen waren zu beschäftigt, um zu bemerken, dass mein Lächeln verschwand. Ich hatte das unangenehme Gefühl, dass ich mir gerade den gemeinsten Wichtel von ganz Wichtelgrund zum Feind gemacht hatte, und darüber vergaß ich für den Rest des Abends vollkommen, dass am nächsten Morgen die Schule anfing.

Mein erstes Jahr in der Wichtelschule

Wichtel waren klein, und Wichtelkinder noch kleiner. Ich war zwar auch noch ein Kind, aber selbst für ein Menschenkind ziemlich groß, so dass ich im Vergleich zu den Wichtelkindern *unheimlich* groß war.

In der Schule stieß ich mir ständig den Kopf oben am Türrahmen an, ich bekam die Beine kaum unter mein Pult, und wenn ich auf einem Stuhl saß, hatte ich das Gefühl, ich säße auf dem Boden. Die Hefte und die Stifte waren zu klein. Und die Klos – also, die Klos waren ein Witz.

Aber mir gefiel, dass die Klassen Namen hatten. Es gab die Frost-Klasse und die Pfefferkuchen-Klasse und die Glocken-Klasse, und die älteren Wichtel gingen in die Tannen-Klasse. Ich selbst war in der Schneeball-Klasse.

Neben mir saß ein nettes Wichtelmädchen namens Zwinki, die in allem gut war. Alle Wichtel waren in allem gut, aber Zwinki war in allem besonders gut. Dass Zwinki in allem so gut war, lag daran, dass sie, obwohl sie noch ein Kind war, schon 372 Jahre alt war.

»Dreihundertzweiundsiebzig(einhalb)«, erklärte sie mir am ersten Schultag stolz. »Das kommt dir vielleicht komisch vor. Aber wir Wichtel wachsen nur so lange, bis wir unser perfektes Alter erreicht haben. Das Alter, in dem wir uns selbst kennen und für immer glücklich sind. Die meisten Wichtel brauchen eine ganze Weile, um sich kennenzulernen. Bis sie wissen, was sie glücklich macht und was sie am liebsten tun. Oft sind sie dann schon ziemlich alt.«

Das wusste ich bereits. Väterchen Toppo zum Beispiel war neunundneunzig, als er aufhörte, älter zu werden. Und der Weihnachtsmann, der streng genommen kein Wichtel ist, sondern ein verdrumwickelter Mensch, hat irgendwann mit Mitte sechzig seine wahre Bestimmung gefunden und aufgehört zu altern. Aber manche, wie Zwinki, finden eben schon ganz früh heraus, wer sie sind. Und deshalb war Zwinki gleichzeitig elf und dreihundertzweiundsiebzig(einhalb).

In der Schneeball-Klasse saß ich hinter einem kleinen, quietschfidelen Wichtel namens Mandelkern, der Junior-Spickeltanz-Meister war, und Schneeflocke, die ein bisschen nervte, weil sie mich immer auslachte, wenn ich einen Fehler machte, was ziemlich häufig vorkam.

Unsere Klassenlehrerin war Mütterchen Kling. Mütterchen Kling sah mich immer mit freundlichem Blick gutmütig an, aber ich wurde das Gefühl nicht los, dass sie mich für ziemliche Platzverschwendung hielt.

Sie war es auch, die mir in der ersten Woche erklärte, dass ich noch nicht an den Schlittenstunden teilnehmen durfte.

Ich war so enttäuscht, dass ich wütend wurde. Seit Mr Creeper und dem Arbeitshaus hatte es in mir nicht mehr so gebrodelt. »Aber ich bin schon mal Schlitten geflogen! Ich habe den Schlitten des Weihnachtsmanns geflogen! Den größten Schlitten, den es überhaupt gibt!«

Doch Mütterchen Kling schüttelte nur den Kopf. »Tut mir leid, aber wer neu an unserer Schule ist, muss ein halbes Jahr warten, bevor er am Schlittenkunstunterricht teilnehmen darf. Das ist Kipps Regel, fürchte ich.«

»Aber die meisten Kinder, die neu hier sind, sind fünf. Und ich bin schon elf.«

»Menschenjahre sind keine Wichteljahre. Menschen sind nicht fürs Schlittenfliegen gemacht.«

Und damit war für sie der Fall erledigt. Ich musste warten. Und in der Zwischenzeit hatte ich mit den anderen Fächern zu kämpfen.

Da war Mathematik bei Pi, und das war echt schwer. Wichtelmathe funktioniert nämlich ganz anders als Menschenmathe. In Wichtelmathe ist die perfekte Lösung einer Aufgabe nicht die, die richtig ist, sondern die, die am interessantesten klingt.

»Amelia, was ergibt zwei plus zwei?«, fragte Pi.

»Vier«, antwortete ich.

Die ganze Klasse prustete los. Außer Zwinki.

»Zwinki, nenn Amelia das richtige Ergebnis.«

Zwinki richtete sich auf und sagte: »Schnee.«

»O ja«, lobte Pi. »Zwei plus zwei ergibt Schnee. Du hättest natürlich auch Federbett sagen können.«

Und dann sah Zwinki mich an und entschuldigte sich, dass sie die richtige Antwort gewusst hatte, und das machte alles nur noch schlimmer.

In den anderen Fächern lief es nicht besser.

Wir hatten Schreiben, Singen (da war meine Stimme nicht fröhlich genug), Lachen-auch-in-schlechten-Zeiten (extrem schwierig), Witze-Erzählen, Weihnachtskunde, Spickeltanz (aussichtslos), angewandte Drumwickerei (eine Katastrophe), Pfefferkuchen, Allgemeine Lebensfreude und Erdkunde.

Kolumbus, der Erdkundelehrer, den ich zusammen

mit Pi in Kringels Laden kennengelernt hatte, war ein sehr liebenswürdiger Wichtel, und eigentlich hatte ich mich auf die Stunde gefreut. Erdkunde klang so gewöhnlich und menschlich. Aber das war natürlich ein Irrtum. Wichtelerdkunde war genauso verrückt wie die anderen Fächer. Alles, was südlich des Sehr Hohen Berges lag, war einfach nur »die Menschenwelt«. Egal ob Finnland, England, Amerika oder China. Für die Wichtel war es alles eins, und sie überließen es dem Weihnachtsmann, und seit neuestem der Weihnachtsfrau, die Route für seine alljährliche Reise zu planen.

Alles diesseits des Sehr Hohen Berges wurde dagegen ganz genau studiert. Hier waren die Magischen Lande. Und dazu gehörte das Wichtelreich (bestehend aus Wichtelgrund und den Waldigen Hügeln, die eigentlich Elfengebiet waren, aber anscheinend waren die Elfen furchtbar schlecht in Erdkunde, und außerdem waren ihnen Namen nicht so wichtig, deshalb erhoben sie keine Einwände). Zu den Magischen Landen gehörten außerdem das Tal der Trolle, die Eisige Ebene (wo sich die Tomtegubbs tummelten), das Hulderland (wo die Huldern lebten) und das Land der Höhlen und Hügel.

Tage, Wochen, Monate vergingen. Der Weihnachtsmann kam häufig spät nach Hause, weil in der Spielzeugwerkstatt Hochsaison war. Auch Mary hatte viel zu tun, da sie für die Planung der Weihnachtsschlittenreiseroute verantwortlich war. Außerdem nahm sie

Drumwickstunden, um ihre Zauberkraft zu entfesseln, aber sie tat sich schwer damit. Jedenfalls waren beide ziemlich beschäftigt, und ich wollte sie nicht mit meinen Problemen behelligen. Deswegen beklagte ich mich nur bei Käptn Ruß, der dann immer tröstend schnurrte.

Ich war sowieso stets ganz gut allein zurechtgekommen. Früher hatte ich ja auch keine Wahl gehabt. Die meiste Zeit machte ich das Beste draus, und vieles machte Spaß. Großen Spaß. In Wichtelgrund zu leben war auf jeden Fall viel besser, als ein Londoner Waisenkind zu sein.

Oft besuchte ich Zwinki, und wir spielten Wichteltennis, was wie normales Tennis ist, nur dass man statt mit einem echten Ball mit einem ausgedachten Ball spielt. Es war der einzige Wichtelsport, in dem ich gut war, aber leider war Wichteltennis kein Schulfach. Danach ging ich nach Hause und las, oder ich hüpfte auf dem Trampolin, oder ich las beim Trampolinhüpfen.

Auch in der Schule waren nicht alle Fächer blöd. Ich saß gern neben Zwinki, weil sie immer gute Witze erzählte, und Mandelkern tanzte uns in der Pause Spickeltanz vor. Und selbst an den blöden Tagen tröstete ich mich damit, dass alles besser werden würde, sobald ich mit den Schlittenstunden anfangen durfte. Aber sechs Monate vergingen. Dann sieben. Dann acht. Und bald war Dezember, und es schien, als würde ich nie die Erlaubnis für die Schlittenstunden bekommen und müsste immer allein im leeren Schulzimmer zurückbleiben und aus dem Fenster starren, wenn alle anderen aus meiner Klasse draußen herumflogen.

Es war kurz vor Weihnachten, als ich Mary und dem Weihnachtsmann schließlich doch davon erzählte. Am selben Tag, an dem ich in der Schule zum ersten Mal vom Land der Höhlen und Hügel hörte.

»Wo ist das?«, fragte ich Kolumbus.

»Sehr weit weg. Am anderen Ende der Magischen Lande. Ungefähr hundert Meilen östlich des Tals der Trolle.«

»Und wer lebt dort?«

Alle kannten die Antwort, doch es kam kein Gelächter über meine Unwissenheit wie sonst. Stattdessen wurde es seltsam still in der Klasse.

»Sehr gefährliche Geschöpfe.«

»Was für Geschöpfe denn?«

»*Kaninchen.*«

Da musste *ich* lachen. »Kaninchen? Kaninchen sind doch nicht gefährlich.«

Kolumbus nickte wissend. »Ich verstehe. Du denkst an die Sorte Kaninchen, die du aus der Menschenwelt kennst. Kleine niedliche Hoppelhäschen mit flauschigen Ohren. Hüpf, hüpf, hüpf! Der Weihnachtsmann hat mir davon erzählt. Nein. Diese Kaninchen sind anders. Sie sind groß. Sie können auf den Hinterbeinen stehen. Und sie sind« – er hielt einen Moment inne und schluckte – »sie sind todgefährlich.«

»Todgefährlich?« Ich konnte mir ein Grinsen nicht verkneifen. Todgefährliche Kaninchen – das klang zu albern.

»Er meint es ernst«, flüsterte Zwinki.

»Ja.« Kolumbus zog missbilligend die Brauen zusammen. »Da gibt es nichts zu lachen. Wer kann Amelia von den Kaninchen aus dem Land der Höhlen und Hügel erzählen?«

Schneeflocke hob als Erstes die Hand.

»Ja, Schneeflocke?«

»Ihr Anführer ist der Osterhase.«

Ich unterdrückte mühsam ein Kichern.

»Richtig«, sagte Kolumbus. »Ihr Anführer ist der

Osterhase. Das weiß jedes Kind. Ich meine, jedes Kind außer Amelia. Sonst noch etwas?«

Unweigerlich schoss Zwinkis Hand in die Höhe. »Sie haben eine sehr große Armee. Mit Tausenden von Soldaten. Zehntausenden. Und vor vielen hundert Jahren haben sie Krieg gegen die Trolle und die Wichtel geführt. Das waren die Trollkriege, und die Kaninchen haben gewonnen. Davor hatten überall in den Magischen Landen Wichtel gelebt, aber nachdem die Kaninchenarmee über die Wichtel gesiegt hatte, haben sie die Wichtel aus dem Land der Höhlen und Hügel vertrieben und es selbst besiedelt.«

Wie immer war Kolumbus sehr zufrieden mit Zwinki. »Ganz genau. Vor sehr langer Zeit, als die Kaninchen in Höhlen unter der Erde lebten, herrschte Friede und Eintracht zwischen den Wichteln und den Kaninchen. Bis eines Tages der Osterhase das Regiment übernahm. Er hatte andere Pläne. Alle sollten die Kaninchen so richtig kennenlernen. Ja, sie würden die Höhlen zum Schlafen und Arbeiten behalten, aber sie würden sich nicht mehr wie Angsthasen dort unten verstecken. Vor allem nicht im Sommer. Sie wollten ans Licht. Sie wollten in die Wärme. Sie wollten frei herumspringen. Was alles schön und gut gewesen wäre – aber sie wollten niemand anderen als Kaninchen um sich haben. Deswegen vertrieben sie die Wichtel. Jedenfalls die, die überlebten – was nicht sehr viele waren.«

»O nein«, sagte ich, »das ist ja furchtbar.«

Kolumbus seufzte. »Nun, das ist alles sehr lange her. Und seitdem bleiben die Kaninchen für sich, und wir tun das Gleiche. Wir müssen uns also keine Sorgen machen.«

»Wie kannst du so sicher sein?«, fragte ich.

»Weil er der Lehrer ist!«, sagte Zwinki.

Die ganze Klasse lachte, als hätte ich etwas Dummes gesagt. Aber mein Kopf war immer noch voller Fragen, und als es ihnen da zu eng wurde, drängten sie alle hinaus – durch meinen Mund.

»Warum heißt der Osterhase Osterhase?«, fragte ich.

Wieder rief Kolumbus Zwinki auf. »Zwinki, erkläre Amelia, warum der Osterhase Osterhase heißt.«

Zwinki holte tief Luft und setzte sich kerzengerade hin. »Er heißt Osterhase, weil sie damals an Ostern aus den Höhlen kamen. Ab Ostern wird die Welt wärmer und heller, und Ostern war auch die Zeit, als die erste und letzte Schlacht zwischen den Wichteln und den Kaninchen stattfand. Es ist ein militärischer Ehrentitel, denn Kaninchen sind ja eigentlich keine Hasen.«

»Und wie hieß der Osterhase vorher?«

»Sieben-vier-neun«, sagte Kolumbus. »Bei den Kaninchen gibt es Nummern statt Namen. Sie sind eine sehr mathematisch orientierte Tierart.«

»Ach so«, sagte ich, »ich verstehe.« Aber so richtig verstand ich es nicht. Ich hatte immer noch ein paar Fragen. Zum Beispiel: Wenn es dem Osterhasen und seiner Kaninchenarmee so wichtig war, überall frei herumzuspringen, warum wollten sie dann nicht auch nach Wichtelgrund? Stellten sie wirklich heute keine Bedrohung mehr dar? Lebte der Osterhase überhaupt noch?

Als ich abends nach Hause kam, fragte ich den Weihnachtsmann nach dem Osterhasen.

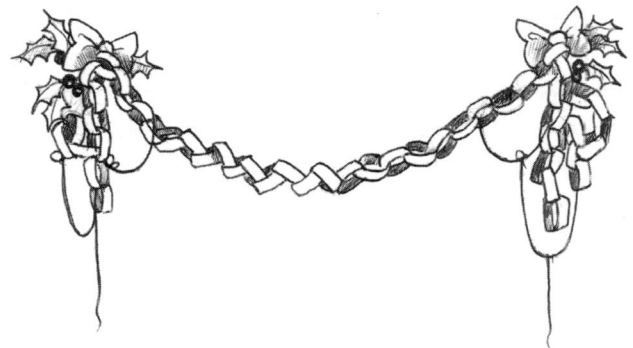

»Ach, das«, sagte Nikolas, während wir Papiergirlanden bastelten. »Der Kaninchenkrieg, das war lange, bevor ich hierherkam. Lange vor meiner Geburt. Ein paar der sehr alten Wichtel erinnern sich noch an das Land der Höhlen und Hügel. Toppo zum Beispiel. Er war sechs, als die Wichtel vertrieben wurden. Er sagt, es sei nicht besonders toll dort gewesen, und die meisten Wichtel hätten es später nicht vermisst. Es war alles ganz flach. Kein Wald. Keine Hügel. Nichts als Kaninchenlöcher …«

Eine Stunde später saßen wir am Tisch und aßen Kirschauflauf.

Ich war immer noch neugierig. »Aber wenn es so öde dort ist, wie können wir wissen, dass die Kaninchen nicht herkommen und sich auch noch Wichtelgrund nehmen?«

Der Weihnachtsmann lächelte sein beruhigendes Lächeln. Seine Augen zwinkerten. »Weil es dreihundert Jahre her ist. Und in all der Zeit ist nicht ein einziges Kaninchen bis nach Wichtelgrund gehüpft. Ganz gleich, was die Kaninchen tun, sie tun es weit weg von hier, und es gibt nicht den geringsten Anlass zur Sorge. Es bleibt alles beim Alten.«

Das beruhigte mich. Aber anscheinend machte ich trotzdem noch ein bekümmertes Gesicht, denn Mary fragte: »Was ist denn los, Liebes?«

Ich seufzte. Ich hatte die ganze Zeit versucht, mich nicht über mein Leben hier zu beklagen, weil es natürlich unendlich viel besser war als das Leben in Mr Creepers Arbeitshaus. Aber Mary schaute mich mit einem Blick an, der mir direkt ins Herz sah, und so rückte ich schließlich mit der Wahrheit heraus.

»Die Schule«, sagte ich. »Die Schule ist los.«

Mitfühlend legte Mary den Kopf schief. »Was ist mit der Schule?«

»Alles! Das ganze Jahr war so schwer. Ich bin einfach nicht gut in den Wichtelfächern. Ich kapiere überhaupt nichts. Wichtelmathe werde ich *nie* verstehen …«

Der Weihnachtsmann nickte. »Ach ja. Wichtelmathe ist wirklich gewöhnungsbedürftig. Ich war auch überrascht, als ich hörte, dass die Kinder beim Einmaleins nicht malnehmen, sondern *malen*. Und dass es in der Mengenlehre um Lebkuchenzutaten geht. Multiplizieren lernen sie mit Tischbeinen. Aber keine Angst. Es fällt allen schwer.«

»Den anderen nicht«, entgegnete ich und sah Zwinkis Hand vor mir, die ständig blitzartig nach oben schoss. »Und es ist nicht nur Mathe. Ich finde alles schwer. Beim Singen sagen sie, ich hätte die unfröhlichste Stimme seit der Gründung der Schule, selbst wenn ich mich richtig anstrenge. Und Lachen-auch-in-schlechten-Zeiten ist sowieso ein blödes Fach. Warum soll man in schlechten Zeiten lachen? In schlechten Zeiten ist es vollkommen normal, nicht zu lachen, finde ich. Man kann doch nicht immer lachen, oder?«

»Oje«, sagte der Weihnachtsmann, »ich wage gar nicht zu fragen, wie es beim Spickeltanz läuft.«

»Schrecklich. Menschen sind einfach nicht für den Spickeltanz gemacht.«

»Wem sagst du das«, meinte Mary.

»Die Schritte gehen ja noch, aber das Schweben in der Luft … Das ist einfach unmöglich.«

Der Weihnachtsmann zuckte zusammen, als wäre ein Knallfrosch explodiert. »Nicht fluchen.«

Ich hatte wohl wirklich ziemlich schlechte Laune, denn auf einmal platzte es aus mir heraus: »Unmöglich. Unmöglich. Unmöglich. Unmöglich!«

»Amelia«, sagte Mary, »du weißt, dass wir in unserem Haus solche Ausdrücke nicht benutzen.«

»Eigentlich sollte unmöglich gar kein schlimmes Wort sein«, gab ich zurück. »Manche Dinge *sind* einfach unmöglich. Für normale Menschen ist Spickeltanzen unmöglich. Und Angewandte Drumwickerei. Und an manchen Montagmorgen ist sogar Lebensfreude unmöglich.«

»Lebensfreude ist nie unmöglich«, sagte der Weihnachtsmann. »Nichts ist unmöglich. Das Unmögliche ist ...«

»Ich weiß, ich weiß. Das Unmögliche ist eine Möglichkeit, die du nur noch nicht erkannt hast. Das habe ich schon hundert Mal gehört. Aber zum Beispiel an der Decke laufen? Das ist unmöglich. Oder zu den Sternen fliegen? Unmöglich.«

»Ist es nicht«, murmelte der Weihnachtsmann. »Es ist nicht *unmöglich*. Es ist nur nicht richtig. Das ist der große Unterschied.«

»Hör zu«, sagte Mary, »ich weiß, wie schwer es ist, sich hier einzuleben. Ich gehe schon seit Monaten zur Drumwickstunde und komme einfach nicht weiter. Aber ich gebe nicht auf. Es gibt doch sicher auch Fächer, die dir Spaß machen?«

Ich dachte nach. Käptn Ruß rieb seinen Kopf an meinem Bein, als wollte er mich trösten.

»Ja, eins. Schreiben. Schreiben macht mir Spaß. Großen Spaß. Wenn ich schreibe, fühle ich mich frei.«

»Na, das ist doch was. Das ist gut«, sagte der Weihnachtsmann. »Und was ist mit Schlittenkunst? Schlittenkunst macht dir doch sicher auch Spaß? Du bist ein richtiges Naturtalent.«

Da erzählte ich ihnen, was ich bis jetzt aus Scham für mich behalten hatte. »Sie lassen mich nicht mitmachen.«

»Was?«, fragten Mary und der Weihnachtsmann wie aus einem Mund.

»Weil ich neu an der Schule bin. Und weil ich ein

Mensch bin. Erst haben sie gesagt, ich muss sechs Monate warten, bis ich mich in einen Schlitten setzen darf. Jetzt ist fast ein Jahr vergangen. Na ja, ist schon in Ordnung. Vielleicht hatte Wodol bei eurer Hochzeit doch recht. Vielleicht gehöre ich wirklich nicht hierher.«

»Was für ein Haufen ranzige Kekskrümel!«, rief Mary empört, und ihre Wangen wurden noch röter als gewöhnlich. »Du gehörst genauso hierher wie ich. Und wie alle anderen. Amelia, sie haben uns immer eingebläut, wir wären unerwünscht. Sie haben uns ins Arbeitshaus geschickt; damit man uns nicht sieht! Aber du hast ein großes Herz, Amelia, und Leute mit einem großen Herzen gehören überall auf der Welt hin. Schreib dir das hinter die Ohren!«

»Mary hat recht«, stimmte der Weihnachtsmann zu. »Und Wodol ist ein widerlicher Wichtel, den du gar nicht beachten darfst. Du hast dasselbe Recht, einen Schlitten zu fliegen, wie jedes Wichtelkind auch. Keine Sorge! Ich werde mal in der Schule vorsprechen. Und ich rede mit Kipp. Dann ist Schluss mit dem Unsinn. Aber nur unter einer Bedingung …«

»Und die wäre?«, fragte ich.

»Du versuchst, unter diesem Dach nie wieder das Wort *unmöglich* zu sagen.«

Ich lachte. Mary lachte. Und sogar Käptn Ruß schien zu lachen. »In Ordnung. Ich verspreche es.«

Schlitten ahoi

Es dauerte nicht lange, dann war es so weit. Der Weihnachtsmann hatte wohl tatsächlich ein gutes Wort für mich eingelegt. Denn am folgenden Montagnachmittag – eine Woche vor Weihnachten – durfte ich endlich mit zum Schlittenkunstunterricht. Und ich war sehr, sehr aufgeregt. Das ganze Wochenende hatte ich kaum ein Auge zugetan. Und als ich am Montagmorgen aufwachte, war ich so nervös, dass mir der Weihnachtsmann empfahl, mindestens eine halbe Stunde Trampolin zu springen. Denn dies war meine einzige Chance dazuzugehören. Schlittenkunst war die einzige Wichtelsache, die ich konnte.

Kipp, der Schlittenlehrer, war ein guter Freund des Weihnachtsmanns. Der Weihnachtsmann hatte ihm das Leben gerettet, als Kipp fünf war. Doch als ich Nikolas fragte, was passiert war, schüttelte er nur den Kopf und sagte: »Manche Dinge sind besser vergessen.« Kipp redete überhaupt nicht viel, außer über Schlitten, und deshalb erfuhr ich nicht mehr über die Geschichte.

Der Schlittenunterricht fand in der Schule der Schlittenkunst an der Hauptstraße statt. Im Hof standen schon die rot-weißen Lernschlitten bereit. Sie waren klein, viel kleiner als Nikolas' Weihnachtsschlitten, und vor jeden war nur ein Rentier gespannt.

»Mandelkern, du nimmst Springer«, sagte Kipp und zeigte auf den Schlitten, der am nächsten stand.

»Juhu!«, jubelte Mandelkern.

»Zwinki, du nimmst Sauseschritt.«

»Ja, Väterchen Kipp«, sagte Zwinki.

»Schneeflocke, du kriegst Komet.«

Und so ging es der Reihe nach, bis alle Schlitten unter den Wichtelkindern verteilt waren.

Am Schluss meldete ich mich. Kipp tat so, als würde er mich nicht sehen.

»Was ist mit mir?«, fragte ich.

Kipp kniff die Augen zusammen und sah mich unter seinem dichten Haarschopf hervor argwöhnisch an.

»Menschen sollten keine Schlitten fliegen.«

Ich hatte das unbestimmte Gefühl, Kipp konnte Menschen nicht sonderlich leiden.

»Der Weihnachtsmann ist auch ein Mensch.«

Kipp schüttelte den Kopf. »Der Weihnachtsmann ist kein gewöhnlicher Mensch. Der Weihnachtsmann ist verdrumwickelt.«

Plötzlich fühlte ich mich wie früher, als die Leute mich für zu jung zum Schornsteinfegen gehalten hatten. Als meine Mutter krank war und ich für sie arbeiten ging. Damals hatte ich den Leuten das Gegenteil bewiesen, und ich würde es auch Kipp zeigen. Ich gab nicht klein bei.

»Ich kann Schlitten fliegen«, sagte ich. »So bin ich hierhergekommen.«

Ich sah, wie Zwinki Sauseschritt zur Startbahn brachte, dicht gefolgt von Mandelkern mit Springer und den anderen. In mir regte sich das schreckliche, vertraute Gefühl, nicht dazuzugehören. Meine Augen füllten sich mit Tränen.

»Schon gut, schon gut«, sagte Kipp. »Dann müssen wir eben noch einen Schlitten für dich finden.«

Ich lächelte. »Danke, Väterchen Kipp.«

»Aber du musst genau auf mich hören. Verstanden?«

»Ja, versprochen.« Ich sah mich auf dem leeren Hof der Schlittenschule um. Alle Schlitten und Rentiere waren verteilt. Dann entdeckte ich in einer Ecke den kleinen weißen Flitzer, den wir bewundert hatten, als wir vor Monaten den Bonbonladen besuchten. Das neueste Modell. Und Blitz, das Rentier des Weihnachtsmanns, war davorgespannt.

»Was ist damit?« Ich zeigte in die Ecke.

»Das ist der Blizzard 360«, sagte Kipp mit einem sehr, sehr besorgten Gesicht.

»Na und?«

»Mein neuestes Modell. Er ist tausend Schokoladentaler wert.«

Verzweifelt sah er sich nach einem anderen Schlitten

um, aber alle waren schon mit Wichteln besetzt, standen an der Startrampe und warteten auf das Abflugsignal.

Schließlich seufzte Kipp und verdrehte die Augen. »Also gut. Du darfst ausnahmsweise mit dem Blizzard 360 fliegen. Aber du musst sehr vorsichtig sein. Sehr, sehr vorsichtig. Sehr, sehr, sehr, sehr, sehr vorsichtig. Hast du das verstanden?«

»Ja. Sehr, sehr, sehr, sehr, sehr vorsichtig. Fünfmal sehr. Verstanden.«

Widerstrebend führte mich Kipp in die Ecke, und ich stieg in den Schlitten. Der Sitz war weich und äußerst bequem.

Kipp, der fingerlose Handschuhe trug, aus denen seine Wichtelfingerspitzen ragten, zeigte mir die Instrumente. Das Armaturenbrett war wie eine kleinere Version des Armaturenbretts im Weihnachtsschlitten.

»Das ist der Höhenmesser, und das ist das Hoffnungsbarometer – die Nadel sollte immer ungefähr hier stehen. Du musst darauf achten, dass das Lämpchen des Hoffnungsumwandlers immer grün leuchtet. Der Kompass ist hier in der Mitte. Die Triebwerksanzeige sollte im Normalfall bei achtzig bis hundert stehen, aber beim Start kannst du auf hundertfünfzig hochgehen, und für den Landeanflug drosselst du auf sechzig. Die Zügel sind das Beste, was es derzeit auf dem Markt gibt. Sie reagieren auf den leichtesten

Druck. Ein sachtes Ziehen nach rechts oder links reicht, um den Kurs zu ändern. Nach unten, um zu sinken. Drei Rucke für eine scharfe Kurve. Verstanden?«

Ich nickte. »Verstanden.« Ich sah auf das Hoffnungsbarometer. Das Hoffnungsbarometer maß die Menge der Hoffnungsteilchen in der Luft. Und Wichtelgrund war voller Hoffnung, seit die Wichtel mit den Trollen Frieden geschlossen hatten.

Vor sich hin grummelnd überließ mir Kipp den Schlitten. Er ging zur Startbahn und begann, Anweisungen zu verteilen.

»Alles klar, Kinder. Wenn ich in einer Minute euren

Namen rufe, zieht ihr fünfmal an den Zügeln, und dann galoppiert euer Rentier mit voller Kraft über die Startbahn.«

Die Startbahn sah aus wie jede andere verschneite Straße in Wichtelgrund. Besonders lang war sie auch nicht. Man musste ziemlich schnell abheben, wenn man nicht mit Karacho gegen die Schulmauer donnern wollte.

»Dann geht ihr in einen sanften Steigflug über«, erklärte Kipp. »Lehnt euch zurück, aber lasst auf keinen Fall die Zügel los. Wenn ihr die Reiseflughöhe erreicht habt, ist es ganz einfach. Ein leichter Zug nach rechts, und ihr fliegt nach rechts, ein Zug nach links, und ihr fliegt nach links. Verstanden?«

»Ja«, riefen die Wichtelkinder eifrig.

»Amelia«, sagte Kipp. »Verstanden?«

Ich nickte.

»Also gut. Und jetzt kommen wir zur wichtigsten Regel«, sagte Kipp. »Wenn ihr oben seid, dürft ihr nur Schleifen über Wichtelgrund fliegen. Fliegt auf keinen Fall in die Nähe des Sehr Hohen Berges, und auf gar keinen Fall über die Waldigen Hügel. Das ist sehr wichtig.«

Ich nickte, und im gleichen Moment hörte ich ein leises Miauen. Als ich einen Blick über die Bordkante warf, entdeckte ich Käptn Ruß, der mich mit grünen Augen anstarrte. Hinter ihm sah ich seine Fußspuren im Schnee. Ich traute meinen Augen nicht.

»Ich hab dir doch gesagt, du sollst zu Hause bleiben«, flüsterte ich. *»Geh heim. Du hast hier nichts zu suchen. Katzen sind hier nicht erlaubt.«*

Käptn Ruß ignorierte mich und sprang in den Schlitten.

»Nein! Raus hier. Raus. Ab nach Hause. Du kannst nicht mitkommen, Käptn Ruß. Mach mir jetzt bloß keine ...«

»Gibt es Probleme, Amelia?« Kipp hatte mein seltsames Verhalten bemerkt, und die ganze Klasse starrte mich an.

Ich durfte auf keinen Fall die Wahrheit sagen. Dann hätte Kipp die perfekte Ausrede gehabt, mich vom Fliegen auszuschließen, und ich würde mich noch mehr wie der große, fremde menschliche Trampel fühlen, der nichts richtig machen konnte. Dies war meine einzige Chance, allen zu beweisen, dass es eine Sache gab, die ich sehr wohl konnte – Schlitten fliegen.

»Nein, keine Probleme. Alles in Ordnung.«

Kipp sah mich noch einen Moment argwöhnisch an. »Gut. Dann nimm die Zügel. Gleich geht es los.«

Es war das beste Gefühl der Welt.

Oben am Himmel zu sein, hoch über Wichtelgrund, den Wind im Gesicht, während Blitz im Galopp den Schlitten zog und seine Hufe lautlos durch die Lüfte trappelten.

Alles lief perfekt. Kipp war irgendwo da unten und rief Befehle durch seine rot-weiß gestreifte Brülltüte, wie die Wichtel das Megafon nannten.

»Sehr gut, Mandelkern! Die Zügel straffer, Zwinki! Nicht so schnell, Schneeflocke! Genau so, Amelia! Gut gemacht!«

Es war unglaublich. Der blanke Wahnsinn. Kipp hatte mich gelobt! Er war zufrieden mit mir. Weil ich wirklich gut war. Alle Wichtel drehten sich zu mir um, als wir hoch oben am Himmel unsere Schleifen zogen.

Die Zügel lagen gut in meiner Hand. Blitz war entspannt und galoppierte geschmeidig. Das Hoffnungsbarometer hatte sich bei ZIEMLICH VIEL HOFFNUNG eingependelt.

Ich sah nach unten, wo die Schule und das Rathaus

und die Spielzeugwerkstatt lagen. Ich meinte sogar, Mary und den Weihnachtsmann zu sehen, die Hand in Hand über die Sieben-Kurven-Straße schlenderten.

Ich zog weiter meine Schleifen.

»Gut so, Blitz«, rief ich. »Weiter so.«

»Noch eine Runde«, brüllte Kipp, »und dann landet ihr der Reihe nach auf der Piste. Zügel nach unten. Einer nach dem andern. Mandelkern und Springer zuerst ... Verstanden? Noch eine Runde!«

Es lief so gut, dass ich übers ganze Gesicht strahlte – fast lachte ich laut. Früher hatte ich ein elendes Menschenleben geführt, gefangen in einem Arbeitshaus, wo ich von früh bis spät schuften musste, und jetzt lebte ich in einem verzauberten Land voller Wichtel und Wunder und *flog mit einem Schlitten durch die Wolken*. Na gut, ein paar Fächer in der Schule waren schwierig – und wenn schon! Ab jetzt ging es steil aufwärts.

»Oooh!«, staunte Schneeflocke, als Blitz und ich sie überholten. »Du bist echt super!«

Dann galoppierte Springer neben uns, Zwinki stand in ihrem Schlitten. »Amelia!«, rief sie, »du hast dein Lieblingsfach gefunden!«

Und als der Wind mir das Haar zerzauste, brach das Glück aus mir heraus, und ich schrie in den Wind:

»Es macht solchen Spaß! Das Leben macht Spaß! Juhuuuu!« In diesem Moment fühlte sich alles *genau richtig* an. Um nicht zu sagen: *perfekt*.

Aber dann …

… sprang Käptn Ruß, der sich die ganze Zeit an meine Füße gekuschelt hatte, plötzlich auf meinen Schoß.

»Nein, Käptn, bleib unten. Hier ist es gefährlich. Wir sind sehr hoch oben.«

Aber Käptn Ruß hatte noch nie auf Befehle gehört. Schließlich war er ein Kater.

Ich nahm die Zügel in eine Hand und versuchte mit der anderen, Käptn Ruß wieder in den Fußraum zu setzen. Doch bevor ich ihn hatte, sprang er über das Armaturenbrett auf die Schlittenhaube. Und dort begann er abzurutschen.

»O nein!«

Käptn Ruß' scharfe Krallen hinterließen tiefe Kratzer im Lack des Blizzard 360.

Ich ließ die Zügel los und beugte mich über die Instrumententafel, um Käptn Ruß zu retten. Der Schlitten kam leicht vom Kurs ab.

»Amelia! Was machst du denn da?«, rief Schneeflocke hinter mir.

Für eine Antwort war keine Zeit. Käptn Ruß riss voller Angst die Augen auf. Ich versuchte, ihn festzuhalten, aber er war zu weit vorn, so dass ich nur seinen Schwanz erwischte.

»Ganz ruhig, Käptn. Ich hab dich.«

Doch das beruhigte ihn nicht. Der kalte Fahrtwind zerrte an ihm. Er geriet immer mehr in Panik. Und dann geschah etwas Fürchterliches.

Fast eine Meile über der Erde wand sich der völlig verängstigte Käptn Ruß aus meinem Griff und sprang.

Der Kater und das Rentier

»Nein!«, schrie ich.

Die Sache ist die, es wäre nichts weiter passiert, wenn Käptn Ruß nach hinten in den Schlitten gesprungen wäre. Aber das tat er nicht. Er sprang nach vorn. *Aus dem Schlitten hinaus.* Und als ich über die Bordwand sah, war er weg. Spurlos verschwunden.

Und dann sah ich ihn doch.

Käptn Ruß war auf Blitzens Rücken gelandet, an dem er sich jetzt festkrallte, als ginge es ums nackte Überleben (na ja, es ging natürlich auch ums nackte Überleben). Und Blitz erschrak zu Tode, als er über die Schulter schaute und das schwarze pelzige Ding entdeckte, das die Krallen in sein Fell versenkt hatte. Wie von der Tarantel gestochen versuchte er, den Käptn abzuschütteln. Dann wurde ich zurück in den Schlitten geschleudert und konnte nichts mehr sehen. Ich versuchte, die Zügel wieder aufzunehmen, aber der Schlitten schaukelte zu stark – hin und her und hoch und runter.

»Blitz! Ganz ruhig! Blitz! Alles ist gut! Das ist bloß Käptn Ruß! Blitz! BLIIIIIIIIIIIIIITZ!«

Doch Blitz drehte jetzt völlig durch, überholte sogar

Springer und ließ alle anderen Wichtel und Rentiere weit hinter sich am Himmel zurück.

Aus weiter Ferne konnte ich Kipps Stimme ausmachen, der brüllte: »Amelia! Amelia! Was tust du da? Komm sofort zurück! Bring dein Rentier unter Kontrolle! Amelia! Das ist die letzte ...«

Und dann hörte ich ihn nicht mehr. Blitz fegte mit halsbrecherischer Geschwindigkeit davon. Der Schlitten hatte sich inzwischen etwas stabilisiert, weil Blitz pfeilschnell geradeaus sauste.

Irgendwie schaffte ich es, auf die Füße zu kommen. Ich hielt mich rechts und links am Schlittenrand fest, blickte über die Kante und sah mit Schrecken, dass wir genau dahin rasten, wo wir auf keinen Fall hinsollten: die Waldigen Hügel.

Hinter uns waren die anderen Schlitten kaum noch zu erkennen. Wichtelgrund sah aus wie ein kleines buntes Spielzeugdorf, das in der Ferne verschwand.

»O nein, o nein, o nein.«

Ich beugte mich über den Rand und versuchte verzweifelt, die Zügel einzufangen, die durch die Luft peitschten wie tollwütige Schlangen.

»O nein, o nein, o nein, o nein, o nein, o nein, o nein.«

Es hatte keinen Sinn. Ich konnte sie nicht erreichen. Und zur gleichen Zeit kämpfte sich Käptn Ruß auf Blitzens Rücken weiter nach vorn.

»Nein, Käptn! Nein. Andere Richtung! Komm hierher. Komm zu mir. Bitte, Käptn, bitte.«

Aber bei Katzen hilft kein Bitten. Katzen lassen nicht mit sich reden. Katzen sind Katzen. Was sollte ich nur tun?

Blitz schien zu versuchen, vor Käptn Ruß zu fliehen. Was schwierig war, denn Käptn Ruß hing wie eine Klette in seinem Fell.

Ich sah nach unten. Wir waren sehr hoch oben. Viel höher als die Bäume, über die wir flogen. Und wir waren sehr weit weg von Wichtelgrund. Das Dorf war schon nicht mehr zu sehen. Wahrscheinlich waren wir viele Meilen entfernt.

»O nein, o nein, o nein, o nein, o nein, o nein, o nein, o nein, o nein, o nein, o nein.«

»Blitz!«, rief ich ein letztes Mal dem außer Rand und Band geratenen Rentier zu. »Beruhige dich. Alles ist gut. Alles ist …«

Da kam mir eine Idee.

Eine ziemlich schlechte Idee, aber die einzige, die mir einfiel.

Ich musste Blitz irgendwie unter Kontrolle bringen. Und vom Schlitten aus ging das nicht. Ohne Zügel war es vollkommen unmöglich.

Nein. Meine einzige Möglichkeit, Blitz unter Kontrolle zu bringen und die Zügel zu erreichen und Käptn Ruß einzufangen, war, vom Schlitten auf den Rücken des Rentiers zu springen.

Also stieg ich mit dem linken Fuß aufs Armaturenbrett, neben das Hoffnungsbarometer, das inzwischen den niedrigsten Wert anzeigte: ALLES IM EIMER. Dann hielt ich mich an dem kleinen Geländer über der Instrumententafel fest und schwang das andere Bein hinüber.

Der eiskalte Wind blies mir böse ins Gesicht und wehte mein Haar waagerecht nach hinten.

»Also los«, redete ich mir zu. »Auf geht's, Amelia. Das schaffst du schon. Käptn Ruß hat es auch geschafft. Allerdings ist Käptn Ruß eine Katze, und Katzen sind sehr gut im Springen und auch sehr gut im Landen. Trotzdem. Hör nicht auf dich. Tu es einfach. TU ES!«

Ich tat es.

Ich sprang vom Schlitten ab und landete mit einem Plumps auf Blitzens Hinterteil. Was ihn dazu veranlasste, wie ein wilder Stier zu bocken, um mich abzuwerfen.

»Blitz!«, rief ich, das Gesicht an seinen Rücken gepresst. »Blitz, was machst du denn? Ich bin es, Amelia!«

Endlich schien er zu verstehen und wurde ein bisschen weniger wild und panisch und aus dem Luftgalopp wurde ein Trab.

»Braver Junge, Blitz. Braver Junge.«

Jetzt hatte ich die Wahl. Entweder ich schnappte mir Käptn Ruß oder ich schnappte mir die Zügel.

Ich entschied mich für die Zügel.

Doch das war die falsche Entscheidung.

Im selben Moment, als ich nach den Zügeln griff, verlor Käptn Ruß den Halt.

»O nein!«

Ich berührte gerade noch seine schneeweiße Schwanzspitze, dann stürzte er ab und rauschte mit hohem Tempo auf die Bäume zu.

»Käääääptn!!!«

Ich riss die Zügel nach unten, um – wie Kipp es uns erklärt hatte – den Sinkflug einzuleiten.

»Runter, Blitz! Runter! Runter! Runter!«

Ich glaube, Blitz wurde in diesem Moment klar, was

er getan hatte. Wahrscheinlich hatte er bis dahin einfach nicht begriffen, dass das Ding auf seinem Rücken Käptn Ruß war. Er hatte nur gespürt, dass da etwas war, und das hatte ihm kein bisschen gefallen. Aber jetzt schien er zu begreifen, dass er nicht *irgendwas* im Nacken gehabt hatte, sondern meinen Kater, der mir viel bedeutete, und dem Weihnachtsmann wahrscheinlich auch, und wenn es etwas gab, was ein Rentier – vor allem Blitz – auf keinen Fall wollte, dann war das, den Weihnachtsmann aufzuregen. Also ging Blitz Hals über Kopf in den Sturzflug und zischte mit Lichtgeschwindigkeit hinter Käptn Ruß her.

Nur der Schlitten bremste uns noch.

Deshalb löste ich kurzerhand die Riemen, mit denen der Schlitten am Rentier hing, und wir sausten ohne ihn weiter.

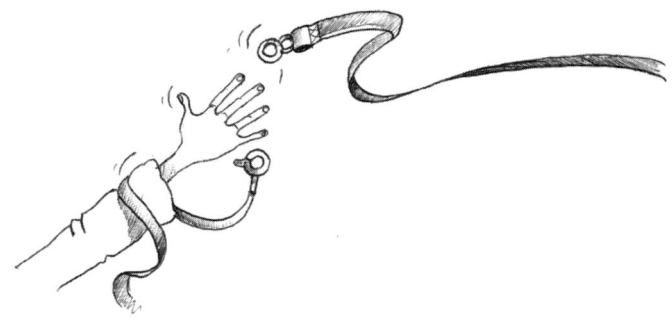

Plötzlich sah ich den Käptn.
Ein winziger schwarzer Punkt, der größer wurde,

während wir der Schwerkraft ein Schnippchen schlugen und auf ihn zurasten.

Käptn Ruß hatte fast die höchsten Fichtenwipfel erreicht. Aber die grünen Äste würden seinen Sturz nicht dämpfen, weil er genau in die Lücke zwischen den Bäumen fiel.

»Schneller, Blitz! So schnell du kannst! So schnell wie Magie!«

Ich wünschte, der Weihnachtsmann wäre hier. Wäre der Weihnachtsmann hier gewesen, hätte er drumwicken und die Zeit anhalten können. Andererseits, wenn der Weihnachtsmann hier gewesen wäre, wäre das alles gar nicht erst passiert.

Käptn Ruß.

Er war direkt vor uns.

Er trudelte wie ein abstürzender Kreisel durch die Luft, und sein Schwanz schnalzte wie ein loser Zügel.

Ich streckte die Arme aus und schaffte es im allerletzten Moment, bevor er auf dem Boden aufschlug, Käptn Ruß aufzufangen. Blitz machte eine rasante Kehrtwende und schnellte wieder empor, damit wir nicht alle drei im Wald zerschellten.

»Ich hab dich, Käptn! Alles ist gut! Du bist in Sicherheit! Wir leben! Wir leben noch!«

Die Erleichterung blubberte in mir wie warme Milch. Doch als Blitz langsamer wurde, um zu einer sanften Landung anzusetzen, hörten wir einen gewaltigen Schlag hinter uns, der mein Glücksgefühl gleich wieder zunichtemachte.

KAWUMMS!

Ich sah mich um. Der Schlitten, der funkelnagelneue Blizzard 360, war abgestürzt und nur noch ein Häufchen rauchender Trümmer auf dem Waldboden.

»O NEIN!«

Das Loch

Sobald wir gelandet waren, kletterte ich mit Käptn Ruß auf dem Arm von Blitzens Rücken.

Als ich wieder festen Boden unter den Füßen hatte, streichelte ich das Rentier. »Tut mir leid, Blitz. Käptn Ruß hatte nur Angst. Geht es dir gut?«

Blitz sah Käptn Ruß auf meinem Arm an und machte ein schnuffelndes Geräusch.

»Das heißt vermutlich ja, oder? Komm, wir suchen den Schlitten und sehen uns den Schaden an.«

Wir wanderten durch den Wald. Ich konnte spüren, wie rasend schnell Käptn Ruß' kleines Herz pochte, und obwohl ich eigentlich sauer auf ihn war, weil er uns alle fast umgebracht hatte, gab ich ihm ein Küsschen auf den Kopf und streichelte ihn.

Irgendetwas flatterte über unseren Köpfen. Als ich mich umsah, entdeckte ich einen kleinen Elf mit durchsichtigen, silbrig schimmernden Flügeln, der mich verschmitzt angrinste. Dann schoss er wie ein Vogel herunter und flüsterte mir etwas ins Ohr.

»Es war einmal ein Papiervogel …«, sang er mit sei-

denweicher Stimme, »der flog aus einem Loch ins Licht ...«

»Ein Papiervogel?«

»Vögel, hätte ich sagen sollen. Papiervögel, ja. Oder Wörter. Bitte, kann ich ein paar Wörter haben?« Der Elf kicherte.

»Wörter?«

»Ja, Wörter. Ich mag Wörter. Erdhöhle zum Beispiel. Das ist ein schönes Wort.«

»Ich kenne viele Wörter.« Ich blieb stehen, zog an Blitzens Zügel, damit er auch stehen blieb, und betrachtete den Elf. Seine Flügel schimmerten in der Sonne. »Aber zuerst muss ich nach meinem Schlitten sehen.«

Der Elf flatterte einmal um mich herum, dann blieb er an einer Stelle schweben. In den Waldigen Hügeln gab es verschiedene Elfenarten, und dieser hier war ein Fliegender Flunker-Elf. Letztes Jahr, in der gleichen Nacht, als ich den Weihnachtsmann kennenlernte, hatte ich einen ganzen Haufen von ihnen gesehen. Fliegende Flunker-Elfen sind, wie der Name schon sagt, Elfen, die herumfliegen und Flunkergeschichten erzählen. Das Problem war, dass man bei ihnen nie wusste, wann sie flunkerten und wann nicht.

Jedenfalls hatten Fliegende Flunker-Elfen einen unbändigen Appetit auf Wörter, so wie Bären Appetit auf Honig haben, und sie waren ständig auf der Suche nach neuen, aufregenden Ausdrücken, mit denen sie ihre Geschichten spicken konnten.

»*Zuerst muss ich nach meinem Schlitten sehen?*« Enttäuscht rümpfte der Elf die Nase. Vorsichtshalber probierte er das Wort noch mal aus. »*Schlitten*. Ich muss sagen, das ist ein ziemlich langweiliges Wort.«

»Tut mir leid, ich stecke gerade in einem ziemlichen Schlamassel.«

»*Schlamassel*. Hmmm. Schon besser. Schlamassel ist ein schönes Wort. Aber nicht so schön wie *Katastrophe*. Oder *Desaster*. Oder *unmöglich*. Das ist ein Wichtelschimpfwort. Ich benutze es schrecklich gern, vor allem, wenn ich mit Wichteln rede. Unmöglich. Unmöglich. Das bringt sie immer auf die Fichte.«

»Hör mal, es ist echt nett, mit dir zu plaudern, aber ich muss wirklich dringend nach meinem Schlitten sehen.«

Grinsend klatschte der Fliegende Flunker-Elf in die Hände. »Ja! Das ist das perfekte Beispiel für unmöglich. Ich bin nämlich gerade drübergeflogen und kann dir sagen, da gibt es nichts mehr zu sehen. Dein Schlitten ist ein Haufen Schrott.«

»Das schaue ich mir wohl besser selber an.«

Der Elf machte ein trauriges Gesicht. »Ach, bitte … nur ein Wort, das ich noch nicht kenne.«

Ich versuchte nachzudenken. Mir war klar, der Kleine würde keine Ruhe geben, bevor er nicht ein neues Wort von mir bekam.

Da fiel sein Blick auf Käptn Ruß. »Was hast du da auf dem Arm?«, fragte er.

Käptn Ruß fauchte.

»Das ist ein Kater.«

»Kater? Kater? Kater! Was für ein großartiges Wort! Kater. Kater. Vielen Dank. Das kannte ich noch nicht. Ich habe noch nie einen Kater gesehen.«

»Wahrscheinlich gibt es hier nicht viele«, sagte ich und setzte Käptn Ruß auf den Boden. »Also dann, tschüs, war nett.«

Endlich verstand der Elf den Wink und schwirrte durch die Bäume davon. Blitz, Käptn Ruß und ich gingen uns den Schlitten ansehen. Oder was davon übrig war.

Der Elf hatte recht.

Es war ein trauriger Anblick.

»Das kann doch nicht wahr sein«, seufzte ich.

Das Armaturenbrett war kaputt. Das Hoffnungsbarometer war gesprungen, und der Zeiger drehte sich wie wild im Kreis. Überall hingen Drähte heraus. Der Sitz war aus der Verankerung gerissen und lag halb im Schnee. In der Karosserie war ein riesiger Riss, der vom Bug zum Heck lief und den Schlitten fast in zwei Teile teilte. Es war eine Katastrophe. Noch vor wenigen Minuten war ich voller Glückseligkeit gewesen, und jetzt war mir ganz schwach und übel.

»O Blitz, was machen wir bloß?«

Leider wusste auch Blitz keinen Rat. Er senkte den Kopf und machte wieder ein schnuffelndes Geräusch, nur dass es diesmal sehr bekümmert klang.

Ich sah mich um. Die Bäume ragten hoch und dunkel auf. Ich hatte keine Ahnung, wo wir waren. Bald würde die Nacht hereinbrechen. Und dann saßen wir in der Tinte. Aber in der Tinte saß ich sowieso, wenn ich ohne den Schlitten nach Wichtelgrund zurückkehrte.

»Also, Blitz. Wir haben keine Wahl. Ich spanne dich wieder vor den Schlitten, und wir gehen zu Fuß zurück. Aber kein Galopp. Kein Fliegen. Wir wollen nicht noch mehr Schaden anrichten.«

Dabei kamen mir fast die Tränen. Denn so wie es aussah, war es kaum möglich, noch mehr Schaden anzurichten.

Ich spannte Blitz wieder ins Geschirr, nahm Käptn Ruß hoch, der vor Kälte zitterte, und dann gingen wir los.

Wir gingen und gingen und gingen. In der Ferne hörten wir Vögel zwitschern, und hin und wieder das Flattern eines Elfs. Auf dem Boden wuchsen leuchtend rote Fliegenpilze. Es war kühl und roch nach Fichtennadeln. Über uns schienen die Bäume den Himmel zu berühren und schlossen die Sonne aus. Hier unten waren die Schatten so dicht, dass sie beinahe so fest und undurchdringlich wirkten wie die Baumstämme. Der Wald schien sich unendlich auszudehnen.

Aber das war nicht das Schlimmste. Das Schlimmste war, wie unheimlich hier alles war. Ich hörte ein Geräusch. Eine Art Summen. Ein Summen, das lauter und lauter wurde. Ich fragte mich, wo es herkam. Und dann merkte ich, dass es überall herkam. Plötzlich standen überall Blumen, hohe türkisfarbene Blumen. Als ich sie mir aus der Nähe ansehen wollte, wurde das Summen noch lauter. Ein tiefes, furchterregendes Summen. Je näher ich kam, desto lauter summten die Blumen.

»Die Blume einst zu jeder Stund'«, sang eine Stimme über mir, »tat sich mit einem Brummen kund.«

Ich sah auf.

Über mir saß eine Fliegende Flunker-Elfe in einem Baum und aß Waldbeeren.

Dann sah ich wieder die türkise Blume an, vor der ich stand.

»Ein Mädchen hielt sie für 'ne Rose, da spuckte sie ihm auf die Nose.« Die Elfe seufzte. »Das sind Spuckblumen. Wenn du zu nah rangehst …«

Im selben Moment spuckte die Blume, vor der ich stand, mir einen Schwall widerlichen, stinkenden knallblauen Blumenschleim ins Gesicht.

»Ich liebe Geschichten mit Happy End!«, rief die Fliegende Flunker-Elfe lachend und flatterte davon. »Du hast zehn Sekunden, bevor du tot umfällst.«

»Was?«

»Aber nein! War bloß Spaß. Es sind fünf Sekunden.«

Voller Panik wischte ich den Saft aus meinem Gesicht und von Käptn Ruß' Pelz. »Es tut mir leid, Käptn, es tut mir so leid. Du warst der beste Kater, den man sich nur wünschen kann.« Und dann wartete ich auf den Tod. Aber fünf Sekunden vergingen, und dann zehn, und dann eine Minute, und ich atmete immer noch. Und Käptn Ruß auch.

»Juhu!«, rief ich und drückte ihn an mich. »Wir leben. Wir leben noch!«

Käptn Ruß miaute unbeeindruckt, und wir gingen weiter.

Es gab noch andere seltsame Dinge im Wald. Eigentlich gab es *nur* seltsame Dinge im Wald. Da war ein zweiköpfiges Eichhörnchen. Da war ein Rudel klitzekleiner vieräugiger Bären, nicht größer als Mäuse, die versuchten, an Blitzens Bein hochzuklettern, um ihn zu fressen. Und dann war da etwas, das noch seltsamer war. Zuerst hielt ich es für eine ganz normale Fichte, aber plötzlich klappten am Baumstamm zwei Augen auf. Und darunter öffnete sich, wie ein Mund, ein Astloch.

»Ihr habt euch verirrt, oder?«, fragte der Baum.

Erschrocken wich ich zurück und drückte Käptn Ruß an mich. »Du bist ein sprechender Baum.«

»Gut beobachtet. Ich bin der Sprechende Baum«, sagte der Baum mit einem Seufzer. »Und ihr habt euch verirrt, nicht wahr?«

»Woher weißt du das?«

»Hier kennt keiner den rechten Weg.«

»Na ja, eigentlich haben wir uns nicht verirrt. Wir wissen, wo wir hinmüssen. Wir wissen nur nicht genau, wie wir da hinkommen.«

»Sag ich doch. Das nennt man verirrt«, sagte der Baum, der ziemlich arrogant zu sein schien.

»Kann sein, aber das ist noch lange kein Grund … Na schön, ja, wir suchen den Weg nach Hause.«

Der Baum lächelte. Es war ein seltsames Lächeln – ein Baumlächeln eben. »*Zuhause ist kein Ort, wie jeder Baum weiß. Du nimmst dein Zuhause mit dir, wohin du auch gehst.*«

»Das ist ein nettes Rätsel, danke. Aber ich muss wirklich dringend nach Wichtelgrund zurück.«

Der Baum holte tief Luft. Er ließ sich Zeit und sprach sehr langsam. »Du bist ein merkwürdig aussehender Wichtel.«

»Ich bin kein Wichtel.«

»Und warum willst du dann nach Wichtelgrund?«

»Weil ich dort wohne.«

»Ach ja, und ich bin ein Gänseblümchen.«

»Nein, ich wohne wirklich dort. Bitte, weißt du, wo es langgeht?«

Blitz stupste mich an, als wollte er mir etwas sagen, aber ich achtete nicht auf ihn. Bis mich etwas am Knöchel packte. Als ich nach unten sah, traute ich meinen Augen nicht. Eine Baumwurzel hatte sich aus dem Boden gestreckt und sich um mein Bein geschlungen. Und jetzt versuchte sie, mich in die Baumöffnung hineinzuzerren.

»Tut mir leid«, sagte der Baum. »Es ist wirklich nichts Persönliches.«

Da biss Blitz mit aller Kraft in die Wurzel. Die Wurzel ließ mich los, und der Baum schrie laut auf, während ich zurücksprang.

Eilig machten wir uns davon, ließen den Sprechenden Baum stehen und setzten unseren Weg fort. Ich wollte so schnell wie möglich raus aus diesem Wald, ganz gleich, wie wütend Kipp sein würde.

Wir wanderten etwa eine Meile. Vorbei an Spuckblumen und lila bemoosten Steinen, aber glücklicherweise ohne weiteren Sprechenden Bäumen zu begegnen.

Dann kickte ich einen Kiefernzapfen aus dem Weg und sah verwundert zu, wie er vom Erdboden verschluckt wurde, direkt vor uns auf dem Waldweg.

Da war ein merkwürdiger schwarzer Fleck am Boden, schwärzer als die Nacht.

Ein Loch.

Ungefähr so groß wie der Schlitten. Noch größer vielleicht.

Ich ging zum Rand und starrte hinein, während Blitz mit dem Schlitten einen großen Bogen darum machte.

Da unten war es rabenschwarz. Die Schwärze erinnerte mich an die Dunkelheit in den Schornsteinen. Ich fragte mich, wer mitten im Wald ein so großes Loch gegraben hatte. Trolle vielleicht. Oder Kaninchen. Aber für Kaninchen war das Loch viel zu groß. Dann erinnerte ich mich, dass Kolumbus in der Erdkundestunde von den großen Kaninchen aus dem Land

der Höhlen und Hügel erzählt hatte. Doch dieses Land war angeblich weit, weit weg von hier. Vielleicht stammte das Loch von einem Wesen, von dem ich noch nie gehört hatte. Fast schien es, als hätte der Wald das Loch selbst geschaffen. So schwarz war es. So unheimlich. Plötzlich bildete ich mir ein, ich hätte da unten im Dunkeln etwas gesehen. Einen huschenden Schatten.

Ich zuckte zurück.

Dann spähte ich zögernd wieder über den Rand.

Nein. Da war nichts als Dunkelheit.

Als ich zurücktrat, knackte ein Zweig unter meinem Stiefel, und vor Schreck ließ ich fast Käptn Ruß fallen.

»Entschuldige, Käptn. Komm, wir gehen.«

Wir ließen das Loch Loch sein und gingen weiter, einen langen Abhang hinunter.

Käptn Ruß strampelte auf meinem Arm und sah sich in alle Richtungen um.

»Ganz ruhig, Käptn. Jetzt ist es bestimmt nicht mehr weit.«

Aber er ließ sich nicht beruhigen.

Sein Kopf zuckte hin und her. Plötzlich entdeckte er etwas. Bevor ich ihn festhalten konnte, sprang er von meinem Arm und flitzte unter Blitzens Beinen davon.

Ich rannte ihm hinterher, und nach kurzer Zeit entdeckte ich ein kleines Häuschen mit gelben Wänden und gelbem Dach. Es war noch kleiner als ein Wichtelhaus, und Wichtelhäuser sind schon ziemlich klein. Der Schornstein ging mir ungefähr bis zum Scheitel.

Käptn Ruß lief schnurstracks auf das Häuschen zu, und gerade als er es erreichte, ging die Tür auf, und im Handumdrehen war er darin verschwunden.

»Na toll«, murmelte ich.

Ich drehte mich um. Blitz zog das knarrende, ächzende Schlittenwrack langsam den holprigen Abhang herunter.

»Schön vorsichtig, Blitz«, rief ich ihm zu. »Ich muss schnell hier anklopfen und Käptn Ruß rausholen.«

Ich bückte mich vor der winzigen Tür. Von drinnen

waren Geräusche zu hören. Eine Stimme sagte: »Schon gut, Maarta. Ich bin ja da, meine Kleine.«

Dann hörte ich Käptn Ruß laut miauen.

Ich klopfte dreimal.

Ich wartete.

Und *wartete*.

Und dann ...

... ging die Tür auf. Eine Elfe streckte den Kopf heraus und sah zu mir auf. Sie hatte große, weit auseinanderstehende Augen, helle Haut und spitze Ohren, die noch spitzer waren als Wichtelohren.

Ich erkannte sie gleich.

»Hallo. Du bist doch Pixie, die Wahrheitselfe, nicht wahr?«

Die Wahrheitselfe nickte. »Ja, klar. Warum stellst du mir eine Frage, die gar keine Frage ist? Du weißt, wer ich bin. Wir sind uns bereits zweimal begegnet. Du bist ein Mensch. Du kommst aus der Menschenwelt. Ich bin die erste Elfe, die du je gesehen hast. Also kein Fragezeichen. Sag einfach: ›Hallo, Wahrheitselfe.‹ Genau so. Verstanden?«

»Verstanden.«

»Na gut. Dann schönen Tag noch.«

Und damit schlug sie mir die Tür vor der Nase zu.

Ich klopfte wieder.

Wartete wieder.

Und wartete.

Und wartete.

Pixie öffnete die Tür und machte ein extrem enttäuschtes Gesicht, als sie sah, dass es immer noch ich war.

»Was ist jetzt schon wieder? Ich dachte, wir hätten alles geklärt.«

»Nein. Ich habe noch gar nicht gefragt, was ich fragen wollte.«

»Was wolltest du denn fragen?«

»Ich wollte fragen, ob ich meinen Kater zurückhaben könnte.«

»Kater? Was ist das, *Kater*?«

»Das da.« Ich zeigte auf Käptn Ruß, der behaglich auf dem gelben Teppich vor dem winzigen Kamin lag. »Das ist ein Kater. *Mein* Kater.«

»Ach so. Ich dachte, es wäre ein Pferd. Ich habe von Pferden gehört. Der Weihnachtsmann hat mir von Pferden erzählt. Schöne vierbeinige Tiere ohne Geweih, und ich dachte, oh, das ist ein schönes vierbeiniges Tier ohne Geweih. Das muss ein Pferd sein. Und einen Moment war ich sehr glücklich, eine Pferdebesitzerin zu sein. Auch wenn Maarta ehrlich gesagt – ich bin immer ehrlich, schließlich bin ich die Wahrheitselfe – auch wenn Maarta nicht so glücklich darüber ist.«

»Maarta?«, fragte ich. »Ist das deine ...«

Bevor ich »Tochter« sagen konnte, nickte die Wahrheitselfe mit großer Begeisterung und nahm mir das Wort aus dem Mund. »Meine Maus. Genau, Maarta ist meine Maus. Sie ist durch den Wald gestreift wie jeden Tag, und plötzlich hörte ich sie vor der Tür quieken, und als ich sie aufmachte – die Tür, nicht die Maus –, kam nicht nur Maarta, sondern auch das Pferd herein.«

»Der Kater.«

»Der Kater. Genau. Und Maarta war so erschrocken, dass ich sie ins Regal setzen musste.«

Jetzt öffnete die Wahrheitselfe die Tür ein Stück weiter, so dass ich die kleine braune Maus sehen konnte, die auf dem Regal über dem Kamin an einem

Stück Käse knabberte, außerhalb der Reichweite von Käptn Ruß.

»Pass auf, Pixie, es wäre besser, wenn mein Kater nicht in die Nähe deiner Maus kommt. Im Gegensatz zu Pferden fressen Katzen Mäuse, verstehst du? Wahrscheinlich wollte Käptn Ruß Maarta fangen und ...«

»Du bist hässlich«, sagte die Wahrheitselfe.

»Was? Das ist aber nicht sehr höflich.«

»Tut mir leid. Ich kann nichts dafür. Ich bin die Wahrheitselfe. Die Wahrheit ist mein täglich Brot. Es ist nichts Persönliches.«

»Es fühlt sich aber persönlich an.«

»Warum? Ich habe in meinem Leben drei Menschen gesehen, und sie sehen alle abstoßend aus. Der Weihnachtsmann, Mary und du. Dabei bist du von euch dreien noch am wenigsten hässlich. Es liegt vor allem an euren Ohren. Sie sind so rund. Und an euren Augen. Menschenaugen stehen viel zu eng beieinander. Das sieht so was von lächerlich aus. Und schau doch nur, wie groß du bist. Wozu soll das gut sein? Ich weiß nicht, aber mir scheint, ihr Menschen nehmt viel mehr Platz ein, als ihr eigentlich braucht. Versteh mich nicht falsch, für einen Menschen bist du gar nicht *so* schlimm.«

»Hm ... danke.«

»Ich meine, diese Mary zum Beispiel! Puh. So was habe ich noch nie gesehen. Riesig und trampelig und grobschlächtig! Und kein Funke von Magie, obwohl sie verdrumwickelt wurde! Das habe ich jedenfalls gehört.«

»He!«, rief ich. »Sag so was nicht! Mary ist einer der reizendsten Menschen auf der ganzen Welt.«

Die Wahrheitselfe machte ein trauriges Gesicht und starrte eine kleine lila Blume an, die auf dem Boden lag. »Ja, sie scheint wirklich reizend zu sein, trotz ihres Aussehens.«

»Und warum macht dich das traurig?«

Die Wahrheitselfe rollte die Augen und hielt sich den Mund zu, als versuchte sie verzweifelt zu verhindern, dass die Worte herauskamen. »Weil sie den Mann meiner Träume geheiratet hat! Und jetzt bitte keine Fragen mehr ...«

»Den Mann deiner Träume?« Ich erinnerte mich, wie sie auf der Hochzeit gesagt hatte: *Ich wünschte, der Weihnachtsmann wäre unverheiratet geblieben.* »Der Weihnachtsmann ist der Mann deiner Träume?«

»Aaaaah!«, heulte die Wahrheitselfe. »Warum? Warum? Warum stellst du solche Fragen? Ich bin die Wahrheitselfe! Ich *muss* die Wahrheit sagen, und du stellst mir ständig irgendwelche Fragen, auf die man lieber lügen sollte. Aber ich kann nicht lügen! Ich *muss* die Wahrheit sagen. Das ist meine Natur. Ich muss sagen, ja, ich bin in den Weihnachtsmann verliebt, und ja, der Tag, an dem er diese reizende, plumpe Menschenfrau geheiratet hat, war der traurigste Tag meines Lebens, und ja, ich kuschele mich jede Nacht an mein

Kissen und tue so, als wäre es sein dicker weicher Bauch, und ja, jedes Weihnachten liege ich die ganze Nacht wach und mache mir Sorgen, weil ich Angst habe, dass ihm irgendetwas Schreckliches zustößt.« Die Elfe war ganz außer Atem von all der Wahrheit.

Ich war völlig perplex. »Tut mir leid. Das wusste ich nicht. Es ... tut mir leid.«

»Ich weiß. Du bist entsetzt. Du findest es undenkbar, dass eine kleine zarte Elfe wie ich einen großen hässlichen Koloss wie den Weihnachtsmann liebt. Aber die Wahrheit ist, ich bin zweihundertvierundachtzig Jahre alt – noch ziemlich jung, ich weiß, aber längst nicht so jung wie er. Außerdem verlieben sich Elfen ständig in andere Spezies. Neulich hat sich eine Fliegende Flunker-Elfe in einen Troll verliebt und ist zu ihm gezogen. Das heißt, sie ist in sein Ohr gezogen. Aber sie hat es nicht überlebt. Sie kam nicht mehr raus. Wegen dem Ohrenschmalz. Das ist das Problem mit den Trollen, verstehst du? Sie produzieren sehr viel Ohrenschmalz. Arme alte Flippa. Ja, ich gebe zu, dass es lächerlich ist, wenn ein so intelligentes und charmantes Wesen wie ich einen haarigen, Hohoho rufenden wichtelvernarrten *Menschen* liebt, aber was soll man machen? Liebe ist Liebe ist Liebe.«

Ich versuchte zu begreifen, was sie da redete. Mir schwirrte der Kopf. Aber dann fiel mir ein, dass ich nicht hier war, um mit ihr über das Liebesleben der Elfen zu sprechen. Ich war hier, um meinen Kater zu holen. Ich musste nach Wichtelgrund zurück und Kipp seinen Schlitten bringen.

Jetzt fiel der Blick der Wahrheitselfe auf Blitz, der das Schlittenwrack durch die Bäume zog.

»Ist das nicht das Rentier des Weihnachtsmanns?«

»Ja.«

»Was ist mit dem Schlitten passiert?«

Und so erzählte ich der Wahrheitselfe, was mit dem Schlitten passiert war, und sie lud mich in ihr Häuschen ein, um ein Stück Kuchen mit ihr zu essen und meinen Kater abzuholen.

»Lieber nicht. Wenn ich noch später komme, bekomme ich Ärger.«

»Ich glaube, du bekommst sowieso Ärger.«

»Wie viel Ärger, glaubst du, bekomme ich? Sag die Wahrheit«, bat ich, auch wenn ich wusste, dass sie das ohnehin tun würde.

»*Sehr viel* Ärger. Die Sache ist die, die Wichtel tanzen zwar immer heiter und lustig durch die Gegend und singen ständig Weihnachtslieder, selbst im Juni, aber eigentlich sind sie ziemliche Spießer. Der Grund, warum sie sich freiwillig in der Spielzeugwerkstatt für den Weihnachtsmann abrackern, ist, dass sie tief drinnen, unter den lustigen Mützen und bunten Wämsern, auf Ordnung stehen. Sie mögen Disziplin. Sie halten sich gern an Regeln. Sie wollen, dass immer alles reibungslos läuft. Und wenn mal etwas schiefgeht – wenn jemand mal einen Fehler macht –, dann neigen sie dazu, es sehr, sehr, sehr, sehr, sehr krumm zu nehmen.«

»O nein«, sagte ich. »Fünfmal sehr. Genau wie Kipp.«

»Was?«

»Ach, nichts. Vielen Dank für das Angebot mit dem Kuchen. Wirklich sehr freundlich von dir. Aber ich mache mich besser auf den Weg. Könnte ich jetzt – ähem – meinen Kater wiederhaben?«

Die Wahrheitselfe nahm Käptn Ruß in den Arm und schleppte ihn zu mir. Vor Anstrengung bekam sie einen roten Kopf.

»Bist du sicher, dass er kein Pferd ist?«
»Ganz sicher.«
Ich bückte mich, um ihr Käptn Ruß abzunehmen. Er schnurrte glücklich. Den Schreck des Nachmittags hatte er offensichtlich verwunden.
»So. Da hast du ihn«, sagte sie. »Behalte ihn ruhig. Nach allem, was du erzählt hast, scheint er verflucht zu sein.«
»Er ist bloß ein Kater.«
»Na dann, tschüs. Und bitte, bitte, sag dem Weihnachtsmann nicht, du weißt schon, dass ich ihn liebe und das mit dem Kissen und so weiter.«
»Ich behalte es für mich. Versprochen.«
»Versprechen sind was für Lügner. Wer immer die Wahrheit sagt, muss nichts versprechen.«
Ich lächelte. »Aber wir Menschen brauchen Versprechen. Und ich verspreche dir, dass ich nichts sage.«
Dann stand Blitz neben mir, drückte die Schnauze an meine Schulter und sah zu der kleinen Elfe hinunter.
»Das ist Blitz.«
Die Wahrheitselfe sah ihn finster an. »Ich weiß, wer das ist. Das Lieblingsrentier des Weihnachtsmanns. Sein besonderer Schatz. Wenn ich auch so groß wäre und übel riechen würde und aus meinem Kopf Stöcke wachsen würden, würde mich der Weihnachtsmann vielleicht auch für etwas Besonderes halten.«
»Du bist etwas Besonderes!«, sagte ich. »Du bist die Wahrheitselfe.«

Sie schüttelte den Kopf und starrte auf ihre Fußspitzen. »Ja. Genau. Ich bin die Wahrheitselfe. Wer mag schon die Wahrheit? Niemand, da hast du's. Du hast doch den Lügenelf kennengelernt, oder? Am schlimmsten Tag meines Lebens?«

»Dem schlimmsten Tag deines Lebens? Ach, der Hochzeit. Ja.«

»Wir waren mal zusammen. Er wohnt ein Stück weiter im Süden. Den Lügenelf mag jeder. Er sagt den Leuten immer, was sie hören wollen. Er erzählt dir, dass Menschen wunderbar sind und dass runde Ohren genauso schön wie spitze sind. Er würde dir sagen, du kriegst kein bisschen Ärger, wenn du nach Wichtelgrund kommst, und falls doch, wäre in kürzester Zeit Gras über die Sache gewachsen, und alles wäre tippitoppi.«

»Stimmt«, sagte ich und erinnerte mich an das Kompliment wegen meiner Ohren. »Er will einfach nur nett sein.«

»Ja. Genau. Aber er ist nicht nett. Wenn man nur danach geht, was jemand sagt, weiß man nicht immer die Wahrheit über ihn.«

Über dem Gitter der Äste leuchtete der Himmel zartrosa. Die Sonne ging unter, und bald würde die Dunkelheit hereinbrechen.

»Ich muss wirklich los.«

»Ja, das stimmt.«

»Wie weit ist es noch bis Wichtelgrund?«, fragte ich.

»Geh immer geradeaus den Hang hinunter, dann

siehst du irgendwann den Turm der Spielzeugwerkstatt. Bergab geht es schneller als bergauf, also seid ihr spätestens in zehntausend Minuten dort.«

»In zehntausend Minuten? Das ist ja noch eine Ewigkeit.«

»Elfenminuten. Elfenminuten sind viel kürzer als andere Minuten. Zehntausend Elfenminuten sind nicht viel. Ungefähr so viel Zeit, wie man braucht, um einen Kuchen zu backen.«

»Ach so. Das ist gut. Vielen Dank, Pixie.« Dann fiel mir noch eine Frage ein. Vielleicht weil es dunkel wurde und die Schatten zunahmen. »Weißt du irgendwas über das Loch im Boden da oben?«

»Das Loch?«

»Ja. Da ist ein Loch.« Ich zeigte in die Richtung, aus der wir kamen. »Mitten auf dem Waldweg.«

»Ach so, *das* Loch. Ja, ich habe das Loch gesehen.«

»Und woher kommt es, was glaubst du? Sind es Trolle? Kaninchen? Der Osterhase? Oder Elfen?«

»Ich habe keine Ahnung.«

»Ich dachte, du wärst die Wahrheitselfe.«

»Ja. Die *Wahrheits*elfe. Nicht die Weisheitselfe. Ich weiß nicht alles. Ich sage nur die Wahrheit, wenn ich sie kenne, und wenn nicht, gebe ich zu, dass ich sie nicht kenne. Alles, was ich weiß, ist, dass große Löcher mitten im Wald im Allgemeinen *nichts Gutes* verheißen.«

»Und was, meinst du, wird wohl der Weihnachtsmann sagen, wenn ich ihm davon erzähle?«

»Tja, er wird sich Sorgen machen. Und Sorgen sind das Gegenteil von Hoffnung. Sorgen stehlen die Hoffnung.«

»Und wenn zu wenig Hoffnung da ist«, dachte ich laut, »ist Weihnachten in Gefahr.«

»Ja«, seufzte die Wahrheitselfe. »Das ist wahr.«

Als ich mich schließlich, der Beschreibung der Elfe folgend, wieder auf den Weg machte und eine Weile später die bunten Dächer von Wichtelgrund hinter den Bäumen entdeckte, gab ich mir selbst das Versprechen, nichts von dem Loch im Boden zu erzählen oder von den anderen Merkwürdigkeiten, die mir im Wald begegnet waren. Der Schlitten allein war Sorge genug.

Moltebeerkuchen

Auf dem Tisch stand ein warmer, duftender Moltebeerkuchen. Der Weihnachtsmann hatte ihn nach Marys Rezept gebacken, während sie versuchte, mit der Kraft ihrer Gedanken und der Kunst der Drumwickerei Weihnachtsschmuck aufzuhängen, doch sie war kläglich gescheitert. Der Baum stand schief, die Kugeln kullerten herunter, und die Papierschneeflocken und Girlanden lagen auf dem Boden.

Wir saßen um den Tisch, auf dem der Kuchen appetitlich dampfte, aber auch das machte die Lage nicht besser.

Der Weihnachtsmann schimpfte mich nicht aus. Nicht direkt. Als er hörte, was passiert war, schüttelte er nur den Kopf und machte ein enttäuschtes Gesicht. Was noch schlimmer war. Den Weihnachtsmann zu enttäuschen war ein schreckliches Gefühl.

Mary schnitt den Kuchen an und legte mir ein Stück auf den Teller.

»Nur Mut, Liebes«, sagte sie. »Davon geht die Welt nicht unter. Hauptsache, dir ist nichts passiert. Das ist das einzig Wichtige, nicht wahr, Nikolas?«

»Ja«, sagte er, »natürlich.«

Doch er machte immer noch ein düsteres Gesicht. Ich überlegte, ob ich irgendetwas sagen könnte, was es besser machen würde, aber mir fiel nichts ein.

»Kipp war sehr, sehr, sehr, sehr, sehr verärgert«, sagte er. »Er hat noch nie einen Schlitten gesehen, der so übel zugerichtet war. Das Hoffnungsbarometer ist irreparabel hinüber. Und seine Geschäfte laufen sowieso nicht gut. Er fürchtet, dass er die Schlittenschule jetzt schließen muss, weil die Leute das Schlittenfahren nicht mehr für sicher halten. Armer Kipp.«

»O nein«, sagte ich.

»O doch.«

»Eigentlich konnte ich gar nichts dafür«, sagte ich. »Ich wusste ja nicht, dass Käptn Ruß mir gefolgt war.

Ich hab ihn erst in letzter Sekunde entdeckt. Und da war es zu spät.«

»Du hättest Kipp sagen können, dass dein Kater an Bord gesprungen ist, oder?«

»Aber dann hätte Kipp mich nicht mit dem Schlitten fliegen lassen.«

»Was in diesem Fall wohl besser gewesen wäre, das musst du zugeben.«

Gewissensbisse stiegen in mir auf wie eine Flutwelle. »Ich helfe Kipp, den Schlitten zu reparieren«, sagte ich.

Der Weihnachtsmann schüttelte den Kopf. »Nein.«

»Nein?«

»Nein. Kipp ist ein seltsamer Vogel. Ich habe ihn wirklich lieb, aber er hat seine Eigenheiten. Im Gegensatz zu allen anderen Wichteln ist er ein Einzelgänger. Er mag auch keine Feiern und Feste. Einmal habe ich ihm eine Stelle in der Spielzeugwerkstatt angeboten, und er hat abgelehnt. Kipp ist der einzige Wichtel – außer Wodol natürlich –, der mir je etwas abgeschlagen hat. Aber er ist extrem zart besaitet. Nach dem, was er als Kind erlebt hat … Ach, Amelia, die Sache ist kompliziert. Ich weiß, dass du es nicht böse gemeint hast. Wir müssen versuchen, die Sache wieder in Ordnung zu bringen, ja?«

Ich nickte. »Ja. Aber was können wir tun?«

Der Weihnachtsmann kratzte sich am Bart. »Na ja, es war ein sehr teurer Schlitten. Ein Blizzard 360.«

»Ich weiß. Kipp hat es mir erzählt. Tausend Schokoladentaler.«

»Ich würde sagen, wir zahlen ihm das Geld zurück.«

»Aber wie?«, fragte Mary. »Bei deinem niedrigen Lohn. Den du dir selbst zugeteilt hast!«

»Wir kriegen das Geld schon zusammen, keine Angst! Am besten gehen wir gleich zur Schokoladenbank und heben es von meinem Konto ab.«

Die Schokoladenbank

Es duftete nach süßer, samtiger, kakaoreicher Schokolade. Der Weihnachtsmann zeigte zum hinteren Teil der Bank, wo Wichtelbankangestellte riesige Säcke mit Goldmünzen hin und her trugen.

»Du weißt, woraus Wichtelgeld besteht, oder? Aus Schokolade. Wichteltaler sind aus der feinsten Schokolade der Welt.«

Mary lachte. »Ich finde das immer noch zu albern«, sagte sie.

Der Weihnachtsmann ging an den Schalter, wo eine Wichtelin saß, auf deren Namensschild »Gulda« stand.

»Frohe Weihnachten, Gulda«, sagte der Weihnachtsmann.

»Frohe Weihnachten, Weihnachtsmann!«, sagte Gulda. Sie strahlte aufgeregt. »Wie schön, dich hier begrüßen zu dürfen! Das sind wohl die Menschen, die bei dir eingezogen sind?«

»Ja, das sind Mary und Amelia.«

»Hallo«, sagten Mary und ich gleichzeitig.

Gulda kicherte. »Oh! Menschen sind so riesig. Sie sind ja fast so groß wie du, Weihnachtsmann.«

»Na ja, eigentlich bin ich auch nur ein Mensch. Ein Mensch mit Drumwick, aber immer noch ein Mensch. So, Gulda, ich müsste ein bisschen Geld von meinem Konto abheben.«

»Natürlich, Weihnachtsmann. Wie viel hättest du gern?«

Der Weihnachtsmann räusperte sich. »Also, ich hätte gern eintausend Taler, bitte.«

Gulda fiel fast vom Stuhl. »*Eintausend Taler?*«

»Ja, bitte.«

Umständlich zog Gulda ein dickes Buch hervor, das unter ihrem Tisch lag. Auf dem Einband klebte ein Etikett, und auf dem Etikett stand: »WIE VIEL GELD JEDER HAT.«

»Oh«, sagte Gulda. »Oh. Oh.«
»O was?«
»Oje.«
»Oje was?«
»Oje, du hast nicht genug Geld.«
»Wie viel Geld habe ich denn?«
»Du hast nur 837 Taler. Was merkwürdig ist, weil du im November noch 23729 Taler hattest.«

Der Weihnachtsmann seufzte und machte ein verlegenes Gesicht. »Ich ... ich ... ich habe das meiste wohl verschnabuliert.«

Gulda runzelte missbilligend die Stirn und schüttelte den Kopf. »Du solltest dein Geld nicht essen, Weihnachtsmann.«

»Aber die Taler sind köstlich. Und es war November. Und ich war ein bisschen gestresst, weil Weihnachten vor der Tür stand. Warum müsst ihr das Geld auch so lecker machen? Die neue Schokolade ist einfach zu gut.«

»Ja, Mütterchen Kaba hat eine neue Formel entwickelt. Wir haben sie im Herbst eingeführt.«

»Aber das ist doch Unsinn. Wenn ihr nicht wollt, dass die Leute ihr Geld essen, dürft ihr es nicht so köstlich machen.«

Gulda seufzte. »Wir sind hier in Wichtelgrund. Hier ist alles Unsinn. Unsinn ist zum Beispiel auch, dass du Vorsitzender des Wichtelrats *und* Generaldirektor der Spielzeugwerkstatt bist und dir trotzdem nur einen Lohn von fünfzig Talern im Monat zahlst.«

»Aber«, entgegnete der Weihnachtsmann, »warum sollte ich mehr verdienen als die anderen, die in der Werkstatt arbeiten? Sie arbeiten genauso viel wie ich. Außerdem ist mir das Geld nicht wichtig.«

»Vielleicht sollte es das aber sein«, meinte Gulda.

Der Weihnachtsmann sah Gulda an. »Könnte ich einen Kredit aufnehmen? Mir fehlen nur 163 Taler.«

Gulda kratzte sich am Kopf und dachte nach, und dann kratzte sie sich noch einmal am Kopf. »Ja. Doch, das geht.«

»Wunderbar.«

»Aber es dauert sechs Monate.«

»*Sechs Monate?*«

»Ja. Wichtel sind gute Handwerker, aber sie sind nicht gut in Papierkram. Das weißt du doch. Sie sind noch schlimmer als die Elfen.«

Der Weihnachtsmann stöhnte. »Schlimmer als die Elfen? Niemand ist schlimmer als die Elfen.«

»Tut mir leid«, sagte Gulda.

»Schon gut«, sagte der Weihnachtsmann. »Dann spare ich eben. Das kriegen wir hin.«

»Ich kann doch auch Geld verdienen«, schlug ich vor, als wir wieder zu Hause waren.

Mary schüttelte so heftig den Kopf, dass ich fast fürchtete, er würde ihr abfallen. »Sei nicht albern, Amelia. Du gehst zur Schule. Du bist erst elf. Du bist viel zu jung zum Arbeiten.«

Ich zuckte die Schultern. »In London habe ich gearbeitet, seit ich acht war. Ich habe die schmutzigsten und rußigsten Schornsteine gefegt. Ich kann arbeiten. Ich bin sogar ein richtiges Arbeitstier ... Ich gehe zu Kipp und frage ihn, ob ich in der Schlittenschule aushelfen kann.«

Der Weihnachtsmann seufzte. »Ich habe es dir doch erklärt. Er ist ein bisschen komisch. Er arbeitet lieber allein.«

»Aber ich könnte zum Beispiel bei ihm saubermachen, wenn er nicht da ist.«

»Ich glaube, das Beste ist, wenn du dich eine Weile von Kipp fernhältst.«

Käptn Ruß sprang mir auf den Schoß und fing laut zu schnurren an, weil er spürte, dass etwas nicht in Ordnung war. Ich nahm einen Bissen von dem Kuchen, den ich mir aufgehoben hatte. Er war wirklich wunderbar. Aber ich konnte ihn nicht genießen. Das ist das Problem, wenn man ein schlechtes Gewissen hat. Es verdirbt einem alles. Selbst den besten Kuchen.

»Tja, dann fange ich eben wieder an, Schornsteine zu fegen.«

Mary sah mich entsetzt an. »Schornsteinfegen? Amelia! Das war dein altes Leben. Das Leben, aus dem du gerettet wurdest.«

»Ich weiß. Aber ich bin eben gut darin. In Wichteldingen bin ich überhaupt nicht gut. Schornsteinfegen habe ich gelernt. Außerdem war es gar nicht so schlimm. Jedenfalls nicht so schlimm wie im Arbeitshaus.«

»Nein, Amelia.« Der Weihnachtsmann schüttelte den Kopf. »Das geht nicht.«

»Wieso nicht?«

»Hast du nicht gesehen, wie klein Wichtelschornsteine sind? Da würdest du nie reinpassen.«

Damit hatte er recht. Wie alles bei den Wichteln waren Wichtelschornsteine viel kleiner als die der Menschen.

»Es ist ausgeschlossen, dass du da reinpasst. Und selbst wenn, kämst du nicht wieder raus.«

»Aber du passt doch auch durch alle Schornsteine.«

»Nicht unbedingt in Wichtelschornsteine. Außerdem ist das was anderes, wegen des Drumwicks. Bei mir ist es Magie.«

»Und warum kann ich nicht auch verdrumwickelt werden?« Es war ein blödes Gefühl, das einzige unverzauberte Geschöpf in Wichtelgrund zu sein. Ich war sogar noch weniger verzaubert als Käptn Ruß, weil er ein Kater war, und Katzen sind immer ein bisschen verzaubert, einfach weil sie Katzen sind.

»Das weißt du doch, Amelia. Das geht nur, wenn man tot ist – oder so gut wie tot. Der Drumwick holt einen ins Leben zurück. Du kannst jemanden nicht einfach so verdrumwickeln. Drumwicks speisen sich aus wahrer, echter Hoffnung. So was lässt sich nicht fälschen. Außerdem sind sie sehr gefährlich.«

»Und selbst wenn du verdrumwickelt bist«, seufzte Mary, »heißt das noch lange nicht, dass du zaubern kannst. Mein Drumwick ist schon fast ein Jahr her, und ich gehe jede Woche zum Drumwickkurs, aber ich kann immer noch nicht in der Luft schweben oder mit der Kraft meiner Gedanken Dinge bewegen oder die Zeit anhalten oder sonst irgendwas. Schaut euch nur den Weihnachtsschmuck an.«

Wir sahen uns im Zimmer um, und da mussten wir alle lachen.

»Ich kann nicht mal spickeltanzen!«, prustete Mary.

Der Weihnachtsmann nahm ihre Hand. »Das wird schon, mein Zuckerplätzchen. Gut Ding will Weile haben.«

Mary sah mich an und seufzte wieder. »Auf jeden Fall bist du bezaubernd genug, so wie du bist, Amelia.«

Da seufzte ich auch. Es war ein ziemlich langer Seufzer.

Plötzlich leuchteten die Augen des Weihnachtsmanns auf. »Ich hab's!«, sagte er. »Du kannst in der Spielzeugwerkstatt arbeiten.«

»In der Spielzeugwerkstatt?«

»Genau. Am Samstag. Und das ist nicht irgendein Samstag. Sondern der Samstag vor Weihnachten. In der Woche vor Weihnachten bekommen die Wichtel zweihundert Schokoladentaler am Tag.«

»Aber was ist, wenn ich nicht gut bin?«

Der Weihnachtsmann lachte, als hätte ich einen Witz erzählt. »Natürlich bist du gut.«

»Aber in der Schule bin ich in Spielzeugherstellung miserabel.«

Der Weihnachtsmann winkte ab, als wolle er eine Fliege verscheuchen. »In der Spielzeugwerkstatt wird nicht nur Spielzeug *hergestellt*. Es gibt noch jede Menge anderes zu tun. Wir finden schon etwas für dich.«

Ich lächelte. Ich hatte zwar immer noch meine Zweifel, aber ich wollte nicht immer nur Einwände machen. »Na gut«, sagte ich. »Wann geht es los?«

»*Im Frühtau*. Der Lieblingsstunde der Wichtel.«

Fast hätte ich gesagt: »Ich bin aber kein Wichtel!« Doch ich tat es nicht. Ich sagte es nur leise im Kopf.

Der größte Zauber

Im Frühtau am Samstag vor Weihnachten stand ich in der riesigen aus verstärkten Pfefferkuchen gemauerten Halle der Spielzeugwerkstatt.

Ich war noch nie dort drin gewesen. Die fleißigen Wichtel – es waren Hunderte – boten ein beeindruckendes Bild.

Der Weihnachtsmann führte mich herum und zeigte mir die verschiedenen Abteilungen.

An einem großen runden Tisch nähten Wichtel mit Höchstgeschwindigkeit Teddybären, Kuschelrentiere und Plüschwelpen. Es war beängstigend, wie schnell sie ihre Nadeln tanzen ließen. Der Weihnachtsmann sah meinen erschrockenen Blick.

»Keine Angst«, sagte er. »Du musst keine Kuscheltiere nähen. Die Wichtel, die an den Kuscheltieren arbeiten, sind die geschicktesten Spielzeugmacher der magischen Welt. Beim Endspurt vor Weihnachten schaffen sie bis zu tausend Teddybären in der Stunde. Jeder!«

Wir gingen weiter.

Auf einem anderen Tisch stand eine riesige rote

Druckerpresse, und ein Wichtel drückte auf große grüne Knöpfe. Je nachdem, auf welchen Knopf er drückte, flogen unterschiedliche Bücher oben aus dem Schacht und landeten direkt in den Händen anderer Wichtel.

»Bücher«, schwärmte der Weihnachtsmann. »Bücher sind das allerbeste Geschenk. Nichts reicht an sie heran.«

In diesem Moment flog *Oliver Twist* von Charles Dickens aus dem Schacht – meinem Lieblingsschriftsteller. In London hatte ich Charles Dickens sogar einmal kennengelernt. Eine Wichtelin mit Brille fing das Buch auf, öffnete es und begann zu lesen.

»Das wäre was für mich«, sagte ich mit Blick auf die Wichtelin, die nach Druckfehlern suchte. »Das wäre die perfekte Aufgabe für mich, außerdem sieht es ...«

Ich wollte gerade »ganz leicht aus« sagen, aber dann sah ich, dass es überhaupt nicht leicht war, denn die Wichtelin las schneller, als ich jemals jemanden hatte lesen sehen. Sie blätterte jede Sekunde eine Seite um, und ihr Blick flog so schnell von oben links nach unten rechts, dass ihr fast die Schleife aus dem Haar fiel.

»Das ist Annabel. Sie ist unsere schnellste Leserin.«

Als wir weiter durch die Halle gingen, wurde es plötzlich wärmer. Ich sah mich um und entdeckte lauter große Töpfe mit kleinen Bäumchen, an denen unzählige Früchte hingen, die aussahen wie orangefarbene Gummibälle.

»Mandarinenbäumchen«, erklärte der Weihnachtsmann. »Ich dachte, es wäre eine hübsche Idee, Mandarinen in die Weihnachtsstrümpfe zu stecken. Mal was anderes. Toppo hielt mich für verrückt, aber ich wusste, dass es den Kindern gefallen würde. Mandarinen! Damit sie nicht vergessen, dass es beim Zauber der Weihnacht nicht nur um Spielzeug geht. Zauber ist überall. In jeder Frucht, die an einem Baum wächst. Wir haben es extra so eingerichtet, dass diese Mandarinen genau zu Weihnachten reif sind.«

Dann wurde es wieder kühler, und wir kamen in einen Teil der Werkstatt, wo es buchstäblich drunter und drüber ging. Hier wurden Bälle getestet, Hunderte davon, indem sie geworfen, gedotzt und jongliert wurden.

An einem Tisch in der Nähe arbeiteten Wichtel an Kreiseln, die sie in Form hämmerten, drehten und bemalten.

»Ich dachte, hier könntest du anfangen«, sagte der Weihnachtsmann zufrieden. »Mit den Kreiseln fangen die meisten neuen Wichtel an.«

Wieder gingen mir die Worte durch den Kopf: *Ich bin aber kein Wichtel.* Doch ich lächelte und sagte: »Gut. Also, äh, was soll ich tun?«

»Diese Frage wird dir Einton beantworten. Komm, Amelia, ich stelle dich vor. – Da ist er ja.« Der Weihnachtsmann klopfte einem nervösen Wichtel in einem weiß-blau geringelten, etwas zu kleinen Anzug auf den Rücken. Der Wichtel verlor fast das Gleichgewicht, und seine Brille fiel herunter. »Einton ist stellvertretender Vizeherstellungsleiter der Abteilung für Hüpf- und Dreh-Spielzeug«, erklärte der Weihnachtsmann.

Einton wurde rot und setzte die Brille wieder auf.

»Er ist einer unserer fleißigsten Mitarbeiter. Obwohl er nur stellvertretender Vizeleiter ist, trägt er an den Wochenenden die Verantwortung für alle Hüpf- und Dreh-Spielsachen praktisch allein. Hallo, Einton!«

»H-h-h-hallo, Weihnachtsmann«, stotterte Einton, während er einen Ball aufprallen ließ und mit Hilfe eines Maßbands die Höhe notierte, die der Ball beim Springen erreichte.

»Du kennst Amelia schon, nicht wahr? Sie ist ein Mensch.«

Einton nickte und flüsterte leise: »Ja, o ja.«

»Sie würde gern in der Spielzeugwerkstatt arbeiten. Aber nur am Wochenende. Auch wenn sie größer ist als fast alle anderen hier, ist sie nämlich noch ein Kind. Sie ist erst elf und geht noch zur Schule.«

»Hallo, Einton«, sagte ich und hielt ihm die Hand hin.

Offenbar hatte Einton Angst vor meiner Hand. Vielleicht wegen ihrer Größe. Doch er schüttelte sie höflich.

»Hallo, A-Amelia«, sagte er.

»Schön«, sagte Nikolas zu mir. »Dann überlasse ich dich jetzt Einton. Er zeigt dir, was du tun musst. Und wir sehen uns in zehn Stunden wieder.«

»In *zehn Stunden*?«, platzte ich heraus, aber der Weihnachtsmann war schon weitergegangen. Dann sah ich Einton an. »Was soll ich machen?«

»Kreisel«, sagte er. »Folge mir.«

Hüpf- und Dreh-Spielzeug

Ich begann am Tisch mit den Kreiseln. Zuerst sollte ich die Kreisel in Form hämmern, weil Einton der Meinung war, als Mensch hätte ich bestimmt viel Kraft. Und die hatte ich auch. Ich war stärker, als ich aussah. Von all den Jahren, die ich in Kaminen herumgekraxelt war, waren meine Arme so kräftig wie die der meisten Erwachsenen. Vielleicht war ich sogar ein bisschen *zu* stark, denn als ich das erste Mal den Hammer schwang, blieb nicht viel von dem Kreisel übrig. Auch meine nächsten Versuche ruinierten die Kreisel mit unschönen Dellen. Deswegen schlug Einton vor, dass ich die Kreisel lieber anmalen sollte, was allerdings noch schwieriger war. Falls du je einen Kreisel zu Weihnachten bekommen hast, weißt du, wie kompliziert die Muster sind, als hätte jemand tagelang daran herumgemalt. In Wirklichkeit braucht ein Wichtel nur wenige Sekunden, um einen ganzen Kreisel zu bemalen.

Am besten im Bemalen der Kreisel war (und ist es wahrscheinlich noch) eine Wichtelin namens Spirella, deren Haar zu fünf kleinen Schnecken gedreht war und die sich rote Kringel auf die Wangen gemalt hatte. Auf Eintons Geheiß setzte ich mich neben sie, und sie erklärte mir, was ich zu tun hatte.

»Zuerst nimmst du dir einen Pinsel aus dem Topf.«
Ich nahm mir einen Pinsel aus dem Topf.
»Dann tauchst du ihn in grüne Farbe.«
Ich tauchte ihn in grüne Farbe.
»Jetzt drehst du den Kreisel vor dir auf dem Tisch.«
Ich drehte den Kreisel vor mir auf dem Tisch.
»Richtig. Sehr gut, Amelia. Und jetzt bemalst du den Kreisel.«

Ich sah Spirella an. »Ich soll ihn bemalen, während er sich *dreht*?«

»Natürlich! Wie denn sonst?«

Ich zuckte die Schultern. »Wenn er sich nicht dreht?«

Spirella schüttelte den Kopf. »Sei nicht albern. Das würde ja ewig dauern.« Sie reichte mir ein Blatt mit einem hübschen, aber sehr komplizierten Muster. »Das ist deine Malvorlage. Davon machen wir heute dreitausend.«

»*Dreitausend*? Wie viele Wichtel arbeiten denn daran?«

»Nur du, ich und Lupine da drüben. Jeder tausend.«
Sie sah, dass der Kreisel vor mir zu eiern begann. »Schnell! Du musst ihn noch mal drehen! Und anmalen. Es muss hopp, hopp gehen, sonst wird es eng.«

»Was wird eng?«

Sie zeigte auf den obersten Knopf ihrer Jacke. Er sah

aus wie ein ganz normaler Knopf.« »Wenn ich den Knopf drücke, fallen in einem festgelegten Abstand die Kreisel aus dem Ausgabeschacht dort. Du drehst, du malst, dann kommt der nächste. Auf geht's. Die Farben stehen vor dir.« Damit drückte sie den Knopf.

Und so fing ich an. Ich drehte den Kreisel und versuchte, das Muster abzumalen. Doch kaum berührte ich mit dem Pinsel das Metall, fiel der Kreisel um und landete scheppernd auf dem Boden. Und bevor ich mich versah, hatte ich schon den nächsten Kreisel vor der Nase.

»Keine Angst«, sagte Spirella. »Versuch's mit diesem. Und drück diesmal nicht so fest auf.«

Diesmal schaffte ich es immerhin, den Kreisel nicht hinunterzuwerfen. Fürs Erste jedenfalls. Ich setzte sanft den Pinsel mit der grünen Farbe auf und versuchte, dem Zickzackmuster der Vorlage zu folgen.

»Oje«, seufzte Spirella, und Lupine konnte sich das Kichern nicht verkneifen. »Das muss schneller gehen! Der Kreisel muss fertig sein, bevor er den Schwung verliert.«

Ich versuchte es schneller, aber als der Kreisel ausrollte, lachte Lupine noch mehr. Er sah aus, als sei er in grüne und rote Farbe gefallen. Es war der hässlichste Kreisel, den ich je gesehen hatte.

Und nicht nur das: Ich hatte so lange dafür gebraucht, dass inzwischen drei neue Kreisel vor mir lagen – nein, vier, nein, fünf!

»Nur Mut«, sagte Spirella, »du kriegst den Dreh schon noch raus.«

Aber natürlich kriegte ich den Dreh nicht raus. Ich drehte die Kreisel und malte und drehte und malte und drehte und malte, bis mir ganz schwindelig war. Je schneller ich wurde, desto weniger sorgfältig ging ich mit der Farbe um, und gerade als Einton vorbeikam, um nach mir zu sehen, hing ein dicker grüner Tropfen an meiner Pinselspitze, und als ich den Kreisel damit berührte, spritzte die Farbe in alle Richtungen und sprühte über Spirella, Lupine, Einton und mich.

Einton, der sich gerade vorgebeugt hatte, um sich meine Arbeit anzusehen, bekam das meiste ab.

»Macht nichts«, sagte er und wischte sich die Brille sauber. »Ist ja nur ein bisschen Farbe.«

Dann schepperte es wieder – und wieder –, als immer neue Kreisel auf dem Boden landeten.

Der letzte von mir bemalte Kreisel fiel auch hinunter, und Spirella hob ihn auf, um ihn Einton zur Ansicht zu geben.

Einton schluckte, als er das bunte Gekrakel sah. »Vielleicht könnte der«, sagte er, »in den Strumpf eines sehr unartigen Kindes.«

»*So* unartige Kinder gibt es gar nicht«, bemerkte Spirella spitz.

»Tut mir leid.« Ich fühlte mich wieder einmal allzu menschlich. »Ich habe mir wirklich Mühe gegeben.«

Der grün verschmierte Einton lächelte nachsichtig. »Das m-m-macht doch nichts. Es ist nur ein bisschen hektisch hier. Weil W-w-weihnachten vor der Tür steht. Vielleicht könntest du stattdessen Ballhüpfer messen?«

Also machte ich mich ans Ballhüpfermessen.

Es klang ganz einfach. Man ließ einen Ball aufspringen, so fest man konnte, und dann maß man, wie hoch er kam. Mit einem Maßband. Das Aufdotzen war einfach, aber das Messen war das Problem. Denn man musste das Maßband ausrollen, während der Ball sprang, und ich kam einfach nicht schnell genug hinterher.

Irgendwann besuchte uns der Weihnachtsmann und fragte Einton: »Wie läuft's?«, gerade als einer meiner Bälle auf Eintons Kopf landete. »Und warum bist du so grün im Gesicht?«

»Ich … äh … also … Die Sache ist die …«, sagte Einton.

Ich holte tief Luft. Der Weihnachtsmann sollte ruhig die Wahrheit wissen. »Das war ich. Es ist meine Schuld. Anscheinend bin ich zu überhaupt nichts zu gebrauchen …«

Nikolas' Blick fiel auf die Kreisel – die verschmierten, die ich angemalt hatte, und die unbemalten, die auf dem Boden herumlagen.

»Oje«, seufzte er.

Einton bastelte immer noch an seiner Antwort. »Ich w-w-weiß nicht, ob die Werkstatt der b-b-beste Ort für einen Menschen ist.«

»Wir finden bestimmt irgendwas, worin du gut bist«, sagte der Weihnachtsmann freundlich, und seine Augen glänzten liebevoll.

»Ich bin in nichts gut, außer im Schornsteinfegen.«

Der Weihnachtsmann sah mich entrüstet an. »In nichts gut! Sei nicht albern. Das ist nicht die Amelia, die ich kenne. Die Amelia, die das schlimmste Arbeitshaus in London überstanden hat. Du kannst so viele Dinge gut.«

»Welche denn?«

»Mut haben! Du bist das mutigste Kind, das ich kenne. Und Weihnachtenretten! Du bist sehr gut darin, Weihnachten zu retten.«

»Damit kann ich aber kein Geld verdienen«, sagte ich mürrisch.

Ich sah, wie er heftig grübelte, ob ihm nicht doch noch etwas anderes einfiel, worin ich gut war. Dann leuchtete sein Gesicht auf, und er klatschte in die Hände.

»*Schreiben!*«, rief er.

»Wie bitte?«

»Ich habe heute Mütterchen Kling getroffen. Sie hat deine Geschichte von dem Kater gelesen, der im Schornstein feststeckte, und fand sie großartig.«

»Wirklich? Das hat sie gesagt?«

»Ja, das hat sie gesagt. Und das Schreiben macht dir Spaß, nicht wahr?«

Ich nickte. »Schreiben ist meine Lieblingsbeschäftigung. Nach Lesen. Aber Lesen und Schreiben sind eigentlich das Gleiche. Schreiben ist, als würde man im Kopf eine Geschichte lesen und dann zu Papier bringen.«

»Auf jeden Fall bist du gut darin. Vielleicht bist du der nächste Charles Dickens. Du könntest ein Buch schreiben.«

»Aber das würde ziemlich lange dauern«, entgegnete ich. »Ich schreibe mit Menschengeschwindigkeit, nicht mit Wichtelgeschwindigkeit.«

Doch nun tat Einton etwas, das er den ganzen Tag nicht getan hatte: Er lächelte. »Ich w-w-wüsste da etwas«, sagte er schüchtern. »Also, ich meine, ich wüsste vielleicht etwas. M-m-möglicherweise. Theoretisch. Hypothetisch.«

»Was weißt du?«, fragte der Weihnachtsmann.

Einton nahm die Brille ab und setzte sie wieder auf. Er biss sich auf die Oberlippe. »Also – n-n-nur so eine Idee – aber – ich dachte gerade, vielleicht könnte Amelia f-f-für Nusch arbeiten.«

»Für Nusch?«, fragte ich.

»Meine Frau. Sie heißt Nusch. Ihre Mutter hat sie nach ihrem L-l-lieblingsnieser benannt.«

»Ja, ich weiß, wer Nusch ist.«

»Sie g-g-gibt den *Tagesschnee* heraus. Sie ist Wodols Nachfolgerin bei der Zeitung. Ich bin sehr stolz auf sie. Sie ist der schlauste Wichtel in ganz Wichtelgrund, und sie kennt die allerlängsten Wörter. Zum Beispiel … zum Beispiel … Antidrumwickifizierung oder Squasipetulakürbisatem.« Wieder nahm er die Brille ab und versuchte, die Reste der grünen Farbe abzuputzen. »Sie ist gerade auf der Suche nach guten Journalisten. Wodol hat nämlich eine neue Zeitung gegründet, mit der er den *Tagesschnee* a-a-ausstechen will.«

»Das kann nicht sein«, sagte der Weihnachtsmann mit besorgtem Gesicht, auch wenn er versuchte, weiter zu lächeln. »Ich habe von dem Gerücht gehört, aber Wodol hat mir versichert, dass er nichts dergleichen vorhat.«

Einton seufzte. »Tja, seit heute wird jedenfalls eine neue Z-Z-Zeitung auf der Hauptstraße verkauft. Sie heißt *Der wahre Schnee*. Nusch ist überzeugt, dass Wodol da-da-dahintersteckt.«

Plötzlich fiel mir ein, was Wodol auf der Hochzeit zu mir gesagt hatte: *Du kennst die Wichtel schlecht. Ihre Launen sind wechselhaft. Wenn du nur einen falschen Schritt tust, stellen sie sich alle gegen dich. Du wirst schon sehen. Dafür sorge ich.*

Ich dachte an all die falschen Schritte, die ich getan hatte. Der Schlittenabsturz zum Beispiel.

»Ich kann mir nicht vorstellen, dass er eine Zeitung namens *Der wahre Schnee* gründen würde.« Der Weihnachtsmann lachte. »Das Letzte, wofür sich Wodol interessiert, ist die Wahrheit.« Dann kratzte er sich nachdenklich am Bart. »Aber wie kann aus heiterem Himmel eine neue Zeitung auftauchen? Wo ist die Zeitungsredaktion? Wo wird sie gedruckt?« Er versuchte, den Gedanken beiseitezuschieben. »Jedenfalls ist das Problem, lieber Einton, dass Amelia fünf Tage die Woche zur Schule geht.«

»Ich könnte doch am Wochenende arbeiten, genau wie hier!« Der Plan begann in mir zu leuchten wie die Sonne. Mit einem Mal hatte ich wieder Hoffnung. »Das wäre toll! Dann wäre ich eine richtige Journalistin!«

Der Weihnachtsmann lachte leise. »Gut, Amelia, warum nicht? Komm, wir gehen gleich zu Nusch.«

Der Tagesschnee

Oben im Dachgeschoss des *Tagesschnee* gab es Pfefferkuchensessel mit knallroten Polstern, die dick und weich waren. Fast alles hier – mit Ausnahme der Polster – war aus Pfefferkuchen gemacht. Selbst die Wände. Doch es waren keine gewöhnlichen Pfefferkuchenwände. O nein. Sie waren aus extraverstärktem Pfefferkuchen, der tiefdunkel bräunlich-orange glänzte. Das Fenster war groß und rund mit Blick auf die gewundenen Sträßchen und bunten Häuschen von Wichtelgrund. An den Wänden hingen alte Titelseiten des *Tagesschnee* in goldenen Bilderrahmen.

Nusch saß hinter einem mächtigen Schreibtisch und musterte mich lange mit ihren großen Augen unter dem strubbeligen schwarzen Haar. Sie sah müde aus. So müde, dass selbst ihre Augenringe Augenringe hatten. Trotzdem war sie aufgedreht, fuchtelte mit den Händen und lächelte, auch wenn ihre Stirn gerunzelt war.

»Ich stehe jeden Morgen *im Frühtau* auf. Manchmal noch früher. Dann muss ich erst mal wach werden, frühstücken, mit Mim einen Schneewichtel machen – jeden Morgen, er besteht darauf –, und dann bringe ich

ihn in den Kindergarten. Na ja, manchmal bringt ihn Einton. Das hängt von seiner Schicht ab.« Sie griff nach dem Becher, der vor ihr stand, und trank einen Schluck. »Dreifachstarker Kakao mit Schokoladenstreuseln. Das Einzige, was mich durch den Tag bringt. Möchtest du wirklich keinen?«

»Nein, vielen Dank«, sagte ich, »von zu viel Schokolade bekomme ich Kopfschmerzen.«

»Ach. Dann ist es sicher schwer für dich, dich in Wichtelgrund einzufügen, oder?«

»Ein bisschen«, sagte ich, während ich dachte: *Ja! Sehr schwer! Ich fühle mich wie eine Aussätzige!*

»Also. Du bist gut im Schreiben, wie ich höre?«

»Jedenfalls macht es mir großen Spaß.«

»Aber dir ist klar, dass für die Zeitung zu schreiben etwas anderes ist, als Geschichten zu schreiben, die du dir ausdenkst?«

»Ja«, sagte ich. »Das kann ich mir vorstellen.«

Sie sah, dass ich eine der alten *Tagesschnee*-Seiten anstarrte. In riesigen Buchstaben stand da: »WEIHNACHTEN FÜR MENSCHEN – EINE SEHR SCHLECHTE IDEE.«

»Ach das«, meinte Nusch. »Das ist lange her. Damals hatte Wodol noch das Sagen. Er glaubte, die Zeitung würde sich am besten verkaufen, wenn sie Hass gegen die Menschen verbreitete. Er wollte, dass die Wichtel nur an sich dachten und Angst vor Fremden hatten. Einmal versuchte er sogar, die Wichtel zu überreden, eine Mauer zu bauen, quer über den Sehr Hohen Berg, um die Menschen draußenzuhalten.«

Auf einer anderen gerahmten Zeitungsseite stand: »BAUT DIE MAUER!« Und im Rahmen daneben: »NEUESTE FORSCHUNG: KÖRPERGRÖSSE DER MENSCHEN SINNLOS!« Und die Schlagzeile daneben war so lang, dass sie kaum auf die Seite passte: »KLEINER KIPP WURDE EINST VON MENSCHEN ENTFÜHRT, WORAUS FOLGT, DASS ALLE MENSCHEN ENTFÜHRER SIND (MISSTRAUT IHNEN, EGAL WAS DER WEIHNACHTSMANN SAGT!)« Und: »WICHTEL FÜR WICHTEL: WÄHLT WODOL!« Und »TROLL-TERROR MACHT STRICH DURCH WEIHNACHTEN!«

Nusch zeigte auf den Stapel Zeitungen, der auf ihrem Tisch lag. »Das ist die Zeitung von heute«, sagte sie. »Schau dir die Titelseite an.«

Ich las die Schlagzeile. »WIE MAN AUS OHRENSCHMALZ KERZEN ZIEHT.«

Nusch zog eine Schublade auf und nahm noch eine Zeitung heraus. »Das ist die von gestern. SCHLITTENGLÖCKCHEN-SÄNGERIN ERKLÄRT, KRATZEN IM HALS SEI BESSER GEWORDEN. Wir haben zehn Seiten dazu gebracht. Mit einem großen Interview mit Wacholderbeere und allem Drum und Dran.«

Ich lächelte. »Ich mag die Schlittenglöckchen.«

Nusch nickte. »Natürlich. Alle mögen die Schlittenglöckchen. *Rentier über dem Berg* ist der beste Song aller Zeiten. Und jeder liebt *Weihnachten steht vor der Tür/ Wir machen uns gleich ins Hemd, so aufgeregt sind wir.* Das kennst du bestimmt, oder?«

»Ich bin mir nicht sicher.«

»Tolles Lied. Aber das Problem ist, Wacholderbeeres Kratzen im Hals gehört nicht auf die Titelseite einer Zeitung. Ja, natürlich ist es eine wichtige Nachricht. Aber *so* wichtig, dass sie auf der Titelseite landet? Ich glaube nicht.«

Ich lehnte mich zurück, atmete den Duft von Pfefferkuchen ein und stellte die naheliegende Frage: »Warum hast du sie dann auf die Titelseite gesetzt?«

Nusch nickte, als hätte ich etwas sehr Kluges gesagt. Dann stand sie auf, immer noch nickend. Sie winkte mich zu sich an das große runde Fenster hinter dem Schreibtisch mit dem Panoramablick über Wichtelgrund.

»Komm«, sagte sie, »ich will dir etwas zeigen.«

Ich ging ans Fenster und sah hinaus. Nach dem Turm der Spielzeugwerkstatt war das *Tagesschnee*-Gebäude das höchste in Wichtelgrund. Von hier oben konnte ich Blitz und die anderen Rentiere auf der Rentierweide sehen. Ich sah das Rathaus. Ich sah einen Wichtel auf der Hauptstraße, der gerade den Holzschuhladen betrat. Ein anderer trug einen Beutel Schokoladentaler, die er von der Bank abgehoben hatte. Die Sieben-Kurven-Straße und all die kleinen Wichtelhäuser lagen friedlich da. Ich sah auch die Ruhige Straße und die Ganz Ruhige Straße, die ruhig beziehungsweise ganz ruhig dalagen. Ich sah die Spielzeugwerkstatt und die Schule der Schlittenkunst und die Universität für moderne Spielzeugherstellung.

Dahinter, im Westen, sah ich die Waldigen Hügel. Im Süden ragte der riesige, schneebedeckte Kegel des Sehr Hohen Berges auf. Jenseits davon, außer Sichtweite, lagen der Rest von Lappland und Finnland. Die Menschenwelt. Die Welt der trampeligen, rundohrigen Wesen, die so aussahen wie ich.

»Was siehst du?«, wisperte Nusch, als trüge der Wind die Frage heran.

»Viel«, sagte ich. »Alles. Ganz Wichtelgrund.«

Wieder nickte Nusch. »Ja. Du siehst alles. Aber weißt du, was du noch siehst?«

»Nein. Was denn?«

»*Nichts.*«

Anscheinend machte ich ein verwirrtes Gesicht. »Nichts?«

»*Alles* ist auch *nichts*. Hier *passiert* nichts. Ich meine, ja, klar, es passiert alles Mögliche. Wichtel gehen zur Schule oder in die Spielzeugwerkstatt. Im Rathaus debattiert der Wichtelrat über Schlittenflugbeschränkungen und Rentiererlaubnisse. Wichtel kaufen Holzschuhe und weben Wämser. Sie singen und spickeltanzen und tauschen Nettigkeiten aus. Sie arbeiten viel und spielen viel, aber das Problem ist, dass hier einfach nichts los ist. Seit der Sache mit den Trollen ist überhaupt nichts mehr passiert! Du erinnerst dich sicher an die Titelseite, mit der wir dich willkommen geheißen haben – ein Menschenkind in Wichtelgrund. Schau, die haben wir auch aufgehängt.«

Ich hatte sie gesehen. »DAS MÄDCHEN, DAS WEIHNACHTEN RETTETE.« Mit einem Bild von mir in Farbe.

»Gefällt es dir?«

»Ich glaube schon.«

»Mütterchen Miro hat das Bild gemalt. Sie malt alle Bilder für den *Tagesschnee*. Sie ist sehr gut. Und es war auch ein sehr guter Artikel. Wirklich, du warst eine der interessantesten Nachrichten in Wichtelgrund im letzten Jahr. Und die Sache mit dem Schlitten ...«

»O nein. Hast du darüber berichtet?«

Nusch schüttelte den Kopf. »Noch nicht. Ich wollte erst mit dir darüber sprechen, und vielleicht ein Interview mit dir führen.«

»Vielleicht könnte ich den Artikel schreiben?«, fragte ich hoffnungsvoll. »Und ich dachte, ich könnte darüber schreiben, wie es sich anfühlt, ein Mensch in der Wichtelwelt zu sein.«

Aber Nusch schüttelte wieder den Kopf. »Ein Mensch

in der Wichtelwelt? Nein, nein, nein. Das würde nicht funktionieren. Verstehst du, die Schlitten-Story ist spannend, weil die Leute wissen wollen, ob du beim Absturz gestorben bist oder nicht, aber wenn du die Geschichte selbst schreibst, ist ja klar, dass du nicht gestorben bist, und das wäre eine Enttäuschung – also, aus journalistischer Sicht.«

»Na gut, wie wäre es dann mit dem Wetter? Es ist ziemlich windig heute. Ich könnte über die Windigkeit schreiben.«

»Der Wind ist keine Nachricht, außer er macht etwas kaputt oder jemand kommt dabei zu Schaden.«

»Oder Weihnachten. Weihnachten steht vor der Tür. Ich könnte über die Weihnachtstraditionen der Menschen schreiben.«

Sie schüttelte den Kopf. »Die meisten davon stammen von den Wichteln.«

Langsam gingen mir die Ideen aus. Es war hoffnungslos. Wenn es so weiterlief, würde Nusch mir niemals Arbeit geben.

»Das Problem ist«, sagte sie, während wir aus dem Fenster blickten, »außer dem Schlittenabsturz, Wacholderbeeres Kratzen im Hals und der Entdeckung von Kasper, dem Kerzenmacher, dass man aus Ohrenschmalz Kerzen ziehen kann, *war einfach nichts los*. Es gibt keine Nachrichten. Nicht, seit wir mit den Trollen Frieden geschlossen haben. Niemand stirbt. Es gibt keinen Krieg. Weihnachten ist nicht in Gefahr. Und auch wenn das Wichtelgrund zu einem sehr schönen Ort zum Leben macht, bedeutet es gleichzeitig, dass niemand lesen will, was in der Zeitung steht.«

In diesem Moment fiel mir unten auf der Hauptstraße etwas auf.

Vor dem Zeitungskiosk standen die Wichtel Schlange.

»Aber schau doch«, sagte ich. »Diese Wichtel wollen unbedingt die Zeitung haben.«

Nusch stöhnte und raufte sich die Haare. »Ja, ja, sie wollen eine Zeitung. Aber leider wollen sie nicht den *Tagesschnee*.«

»Nein?«

»Nein. Das da ist die neue Zeitung. Hast du sie schon gesehen? Wodols Zeitung. Die erste Ausgabe. Als der Wichtelrat bestimmt hat, dass Wodol den *Tagesschnee* aufgeben muss, hat ihm nämlich keiner verboten, eine neue Zeitung aufzumachen. Der Wichtelrat dachte wohl, wenn sie Wodol in der Ganz Ruhigen Straße ruhigstellen und ihm die Zeitung wegnehmen, könnte er nichts mehr anstellen – weil der Wichtelrat auch Wodols Geld beschlagnahmt hat. Aber wahrscheinlich hat Wodol irgendwo jede Menge Schokoladentaler gebunkert. Als Vorsitzender des Wichtelrats hatte er sich selbst ein Gehalt von tausend Schokoladentalern die Woche ausgezahlt. Zusätzlich zu dem Geld, das er mit dem *Tagesschnee* verdiente. Und uns Mitarbeiter hat er mit Hungerlöhnen abgespeist. Als Rentier-Korrespondentin konnte ich von Glück sagen, wenn ich dreißig Schokoladentaler die Woche nach Hause brachte.«

»Oje«, sagte ich, denn jetzt sah ich das Banner, das über dem Zeitungsstand flatterte: DER WAHRE SCHNEE.

Nusch lachte – ein Lachen, das gar nicht wie ein Lachen klang. »*Der wahre Schnee!* Dass ich nicht lache. Wodol geht es überhaupt nicht um die Wahrheit. Es geht ihm nur um die Auflage – darum, möglichst viele Zeitungen zu verkaufen. Und er ist der Meinung, Lügen verkaufen sich besser. Lügen, mit denen er die Leute in Angst und Schrecken versetzt. Als er vor vielen Jahren den *Tagesschnee* gründete, hat er Schauermärchen über Elfen und Trolle und Kaninchen und Menschen erfunden. Er wollte den Wichteln Furcht einjagen. Ja, und hast du gehört, was er jetzt behauptet? Was er herumerzählt, seit ich den *Tagesschnee* leite?«

»Was denn?«

»Er sagt, *ich* wäre es, die Sachen erfindet. Er sagt, wir würden Falschheiten herausbringen. Dabei habe ich noch nie ein Wort gedruckt, das nicht gestimmt hat. Was hätte das auch für einen Sinn? Eine Zeitung, die nicht die Wahrheit berichtet?«

»Keinen, glaube ich.«

Nusch stieß einen tiefen, bekümmerten Seufzer aus. »Es ist mir ein Rätsel.«

»Was?«

»Wo arbeitet Wodol? Wo ist das Redaktionsbüro?

Wo wird der *Wahre Schnee* gedruckt? Eine Zeitung zu machen ist kein Kinderspiel. Man schreibt sie nicht einfach auf eine Serviette ...« Sie schloss die Augen und drückte die Stirn an die Scheibe. »Nein, es ist wirklich kein Kinderspiel.«

Wir kehrten zu unseren Sesseln zurück.

»Tut mir leid«, sagte sie, »aber wir schreiben schon rote Zahlen. Ich fürchte, ohne eine aufregende Story – eine *wahre* Story, die sich beweisen lässt –, kann ich es mir einfach nicht leisten, neue Mitarbeiter einzustellen.«

Ich dachte noch einmal angestrengt nach, ob mir nicht doch etwas Aufregendes einfiel, aber mein Kopf war so leer wie ein schneebedecktes Feld.

Ich verstand, wie schwer Nusch es hatte, und ich wollte es ihr nicht noch schwerer machen, also sagte ich nur: »Macht ja nichts. Ich geh dann mal.«

Und stand auf.

Im gleichen Moment flog etwas gegen das Fenster. Eine Zeitung, die der Wind heraufgewirbelt hatte. Jemandem musste ein Exemplar des *Wahren Schnee* aus der Hand geweht worden sein. Durch die Scheibe starrte uns die Titelseite entgegen.

»O nein«, rief Nusch, »sieh bloß nicht hin. Lies diesen Unsinn gar nicht.«

Aber es war zu spät. Ich hatte das Bild unter der Schlagzeile schon gesehen. Es war ein Bild von mir. Doch anders als Mütterchen Miro hatte der Zeichner dieses Bilds mich nicht sehr freundlich dargestellt. Daneben war ein kleines Bild des Blizzard 360, der noch geschrotteter aussah als in Wirklichkeit.

Dann fiel mein Blick auf die Schlagzeile, und ich las laut: »DER FEIND UNTER UNS.«

»*Dem vom Weihnachtsmann adoptierten Menschenkind Amelia Wishart darf man nicht über den Weg trauen. Sie versucht, Wichtelgrund zu zerstören, und hat mit einem teuren Schlitten angefangen …*«

»Nein, Amelia …«, sagte Nusch.

Bevor ich weiterlesen konnte, flatterte die Zeitung davon wie ein verzweifelter Vogel.

»Ich bin kein Feind!«, rief ich. »Ich will Wichtelgrund nicht zerstören. Das war ein Unfall! Ich konnte nichts dafür!«

»Das weiß ich doch, Amelia. Das weiß jeder Wichtel, der das Herz am richtigen Fleck hat.«

»Aber du hast doch gerade selbst gesagt, dass mehr Wichtel den *Wahren Schnee* lesen wollen als den *Tagesschnee*. Hunderte von Wichteln werden das lesen …« Ich dachte laut nach. »Aber ich werde es ihnen zeigen. Ich mache alles wieder gut. Ich werde den Schlitten bezahlen … und dann kannst du darüber berichten.«

Nusch runzelte nachdenklich die Stirn. »Ich wünschte, ich könnte dir helfen. Aber das geht nur, wenn du ein aufregendes Ereignis findest, das sich beweisen lässt. Erst wenn wir mit der Wahrheit Zeitungen verkaufen können, kann ich dich bezahlen.«

»Was ist mit der Geschichte meiner Unschuld? Wenn ich schreibe, was wirklich passiert ist? Dass Käptn Ruß in den Schlitten gesprungen ist und von da auf Blitzens Rücken, und Blitz ist vor Schreck durchgedreht, und dann ist Käptn Ruß abgestürzt, und wir sind im Sturzflug hinter ihm hergeflogen, und ich musste den Schlitten opfern, um Käptn Ruß' Leben zu retten? Warum schreiben wir nicht das?«

»Das wäre schön, aber kannst du es beweisen? Hast du Zeugen?«

»Ich fürchte nicht.«

»Wahrscheinlich würde es nur dazu führen, dass Wodol noch mehr erfundene Geschichten bringt. Und das Problem ist, seine Geschichten werden immer aufregender sein als unsere, weil Lügen keine Grenzen kennen. Sie können so haarsträubend sein, wie sie wollen.«

»Dann ist alles umsonst«, sagte ich. »Die Wahrheit kann die Lügen einfach nicht schlagen.«

Nusch schüttelte den Kopf. »Wir dürfen die Hoffnung nicht aufgeben. Wir müssen einfach eine Wahrheit aufdecken, die so spannend ist wie die wildeste Lüge, die Wodol verzapft. Eine *unmögliche* Wahrheit.« Sie hatte das Schimpfwort geflüstert. »Die größte Geschichte aller Zeiten. Das ist mein Traum. Den *Tagesschnee* wieder zur beliebtesten Zeitung in Wichtelgrund zu machen. Und Wodols Lügen zu entlarven.«

Ich überlegte, was das für eine Geschichte sein könnte, aber mir fiel immer noch nichts ein. Das Einzige, woran ich denken konnte, war das Gesicht des Weihnachtsmanns, wenn er Wodols Zeitung las.

»Ich glaube, ich muss jetzt wirklich nach Hause«, sagte ich.

Die Außenseiterin

Auf dem Heimweg schlug mir der beißende Wind ins Gesicht. Ich begegnete ein paar Wichteln, die gerade aus der Spielzeugwerkstatt kamen. »Hallo, Amelia!«, riefen sie, und ich grüßte zurück und dachte, vielleicht war doch alles nicht so schlimm. Vielleicht lasen gar nicht so viele den *Wahren Schnee*. Aber als ich von der Wodol-Straße auf die Hauptstraße einbog, zeigte ein kleines Wichtelmädchen mit dem Finger auf mich und sagte: »Mami, schau mal! Da ist das Menschenkind!«

Und ihre Mutter, eine runde, rotwangige Wichtelin, die ich nicht kannte, packte ihr Kind am Arm und zog es näher zu sich. »Bleib von ihr weg! Sie ist gefährlich! Sie gehört nicht hierher!«

Das kleine Mädchen erschrak, starrte mich an, und dann begann es zu weinen, und sein Schluchzen tat so weh, als würde mich eine Katze kratzen.

Hastig lief ich weiter.

Am Zeitungsstand flüsterte und lästerte die ganze Schlange über mich. Die Zeitungsverkäuferin war eine gutmütige alte Wichtelin mit dünnem grauem

Haar, die mich mitfühlend ansah. »Tut mir leid, Schätzchen. Ich verkaufe das Zeug nur. Ich schreibe es nicht.«

»Schon gut«, sagte ich und versuchte, nicht zu weinen, auch wenn mir das Herz immer schwerer und schwerer wurde.

Als ich die Tränen nicht mehr zurückhalten konnte, begann ich zu laufen.

»*Ja! Lauf nur!*«, rief mir eine Stimme nach. »*Solche wir dich wollen wir hier nicht haben!*«

Ich rannte. Vorbei an der Schokoladenbank, an Mütterchen Muckes Musikladen, am Holzschuhladen, an Rot & Grün, dem Wamsgeschäft, und an der Buchhandlung Bücherzauber, bis ich zur Rentierweide kam, wo endlich keine Wichtel mehr waren, nur noch Rentiere, und die lasen keine Zeitung. Hier fühlte ich mich sicherer. Aber ich lief trotzdem weiter, und Blitz hob den Kopf, um zu sehen, was los war. Ich rannte den ganzen Weg. Als ich die Nummer sieben erreichte, klopfte ich an die Tür, aber niemand machte auf, und ich klopfte und klopfte, bis mir einfiel, dass ich keinen Schlüssel brauchte, weil wir in Wichtelgrund waren, und in Wichtelgrund schloss niemand ab, also machte ich einfach die Tür auf und lief ins Haus und weinte. Und weinte und weinte und weinte.

Das Wohnzimmer war weihnachtlich geschmückt, und Käptn Ruß schlief in seinem Körbchen neben dem Weihnachtsbaum. Ich starrte in den dunklen Kamin. Irgendwie hatte die Dunkelheit darin etwas Tröstliches. Ich hockte mich hinein und starrte vor mich hin. Bis ich draußen im Schnee Schritte hörte und durchs Fenster Mary sah, die summend mit einem Korb nach Hause kam.

Anscheinend war sie in den Waldigen Hügeln gewesen, um Beeren für den Weihnachtskuchen zu sammeln, den sie backen wollte.

Sie hatte mich noch nicht gesehen.

Ich wollte auch nicht gesehen werden.

Und niemanden sehen. Und mit niemandem reden.

Und ich wollte nicht, dass Mary mich weinen sah und selbst traurig wurde. Doch in wenigen Sekunden würde die Tür aufgehen, und Mary würde hereinkommen.

Also tat ich das, was ich am besten konnte. Ich kletterte den Schornstein hinauf.

Im Gegensatz zu den Wichtelhäusern war das Haus des Weihnachtsmanns in Menschengröße gebaut, auch der Schornstein. Es ging ganz leicht. Auf halber Höhe stemmte ich die Füße und den Rücken gegen die rußigen Kaminwände, Knie an der Brust, und weinte noch ein bisschen.

Am liebsten wäre ich für immer dortgeblieben.

Verborgen im Dunkeln, ohne irgendwen zu stören oder jemandem zur Last zu fallen.

Und während ich weinte, kam mir eine Erkenntnis: Es gab keinen Ort auf der Welt, wo ich hingehörte. Ich würde nie irgendwo zu Hause sein. Selbst im Arbeitshaus hatte Mr Creeper mich von allen am meisten gehasst. Nicht einmal dort hatte ich hingepasst. Auch vorher, als Schornsteinfegerin, war ich eine seltsame Gestalt, eine Außenseiterin gewesen. Und dasselbe passierte jetzt schon wieder. Ausgerechnet in Wichtelgrund, wo das Leben eigentlich voller Wunder und Magie war. Wo ich eigentlich für immer glücklich sein sollte.

Aber ich weinte nicht um mich. Jedenfalls nicht nur.

Ich weinte auch, weil ich dem Weihnachtsmann das Leben schwermachte. Wahrscheinlich würde sich Wichtelgrund nun auch gegen ihn stellen.

Ich schluchzte leise vor mich hin, als ich von unten etwas hörte.

Eine Stimme.

»Amelia?«

Von unten sah Marys Gesicht durch die Dunkelheit zu mir herauf. Sie hatte den Kopf in den Kamin gesteckt und war verständlicherweise überrascht, mich hier zu finden.

»Was machst du denn da oben, Kleines?«

»Ich wollte nur mal alleine sein.«

»Ja, wir brauchen alle ab und zu etwas Zeit für uns allein. Ich auch. Aber ich gehe dann meistens in mein Zimmer und mache die Tür zu. In den Schornstein bin ich noch nie geklettert.«

»Ich mag Schornsteine«, sagte ich. »Schornsteine sind mir vertraut. Im Gegensatz zum Rest der Welt.«

»Wie wäre es, wenn du runterkommst, ein paar Beeren mit mir isst und mir erzählst, was passiert ist?«

Das klang gut. Also kam ich herunter.

»Ach je«, sagte Mary. »So viel Ruß. So viele Tränen.«

Ich sah in den Spiegel. Die Tränen hatten helle Linien durch den Ruß gezogen.

»Was ist denn passiert, Amelia? Was ist los?«

Ich dachte an die Titelseite des *Wahren Schnee*. An den Schlitten. An die Schule. An die Spielzeugwerkstatt. An den Baum, der mich beinahe gefressen hätte. An Wodol, der mich von Anfang an nicht leiden konnte. An die giftigen Blicke der Wichtel vor dem Zeitungsstand. »Alles.«

Und dann erzählte ich. Ich erzählte ihr alles. Und als

der Weihnachtsmann nach Hause kam, erzählte Mary *ihm* alles.

Aber das meiste wusste der Weihnachtsmann bereits.

»Ich habe die Zeitung gesehen«, sagte Nikolas, ließ sich in den Schaukelstuhl sinken und nahm Käptn Ruß auf den Schoß. »Wodol macht wieder Ärger.«

»Es tut mir so leid«, sagte ich. »Ich hätte nicht in Wichtelgrund bleiben dürfen. Es wäre besser, wenn ich nach London zurückgehen würde. Am besten bringst du mich noch heute Abend zurück.«

»Sei nicht albern«, sagte Mary.

»Aber ich gehöre nicht hierher.«

»So ein Unsinn! Natürlich gehörst du hierher«, sagte der Weihnachtsmann.

Doch in diesem Moment lief ein Wichtel mit einer grün-weißen Mütze am Haus vorbei, sah mich durchs Fenster und schrie: »Du gehörst nicht hierher!«

Der Weihnachtsmann sprang aus dem Schaukelstuhl, riss die Tür auf und brüllte: »Verzieh dich mit solchen Parolen, Tautropf. Es sind Wodols erstunkene Lügen, die nicht hierhergehören!«

»Tut mir leid, Weihnachtsmann«, sagte Tautropf, »aber das Menschenkind will Wichtelgrund und alle unsere Werte kaputtmachen. Das stand im *Wahren Schnee*. Und der *Wahre Schnee* würde ja wohl nicht *Wahrer Schnee* heißen, wenn nicht wahr wäre, was drinsteht, oder?«

Ich stand hinter dem Weihnachtsmann und sah, dass sich noch mehr Wichtel um Tautropf versammelten. Dieser Tag wurde immer schrecklicher.

Wichtel vor der Tür

Es war mir schon aufgefallen, dass Wichtel gern Ansammlungen bildeten. In null Komma nichts wurde hier aus einem Grüppchen ein Gedränge. Standen zwei Wichtel zusammen auf der Straße, waren es nach einer Minute dreißig und nach zehn Minuten dreihundert Wichtel. Wichtelmengen wuchsen sekündlich.

»Die Wahrheit ist«, sagte Toppo, der sich zum Weihnachtsmann in die Tür gestellt hatte, »dass Väterchen Wodol offensichtlich mal wieder versucht, Zwietracht zu säen. Wir hätten ihn härter bestrafen sollen.«

Der Weihnachtsmann seufzte. »Wir haben ihm doch schon seine Arbeit weggenommen und ihn gezwungen, in die Ganz Ruhige Straße zu ziehen.«

»Offenbar war das nicht genug. Wodol hat immer Ärger gemacht. Als wir dahinterkamen, dass er der Drahtzieher hinter dem Troll-Angriff war, hätten wir ihn einsperren sollen, Nikolas.«

»Aber, aber, Toppo. Niemand gehört ins Gefängnis. Das passt nicht zu Wichtelgrund. Hier ist niemand eingesperrt worden seit ... seit ... na ja, seit ich ein kleiner Junge war und Wodol *mich* ins Gefängnis gesteckt hat. Aber Wodol hat hier nichts mehr zu sagen.«

»Anscheinend doch«, sagte Toppo betrübt. Selbst die Spitzen seines weißen Schnurrbarts hingen traurig herunter. »Fast alle lesen den *Wahren Schnee*. Es gibt ihn erst seit wenigen Stunden, und er ist jetzt schon die beliebteste Zeitung. Der *Tagesschnee* dagegen hat nur noch siebzehn Leser. Arme Nusch.«

»Der *Tagesschnee* ist langweilig!«, rief ein Wichtel.

»Und es steht nie die Wahrheit drin!«, rief ein anderer aus der Menge.

»Genau«, sagte Tautropf. »Es steht nie die Wahrheit drin. Deswegen ist er so langweilig.«

»Seit Nusch die Zeitung leitet, steht *nur* die Wahrheit drin«, protestierte Toppo.

Der Weihnachtsmann blickte auf die wachsende Menge der Wichtel vor seiner Tür. »Hört zu, Leute, jetzt beruhigen wir uns mal wieder. Wir dürfen Wodols Lügen über die Menschen nicht glauben. Er verbreitet seit Jahren solches Zeug. Aber in Wichtelgrund ist kein Platz für Humanophobie.«

»Was ist Humanophobie?«, fragte der Kleine Mim, der sich an der Hand seines Urururururgroßvaters Toppo festhielt.

»Humanophobie ist die unbegründete Angst vor Menschen«, erklärte Toppo laut genug, dass ihn auch die anderen Wichtel hörten.

Da trat einer von ihnen vor. Mein Herz schlug

schneller. Es war Kipp. »Vielleicht ist die Angst vor Menschen gar nicht so unbegründet«, sagte er.

Alle starrten ihn an. Die Wichtel waren immer ein bisschen eingeschüchtert von Kipp. Außerdem sprach er fast nie, außer mit seinen Schlittenschülern.

»Es gibt gute Gründe, Angst vor den Menschen zu haben.«

Mehrere Wichtel murmelten zustimmend und nickten.

Der Weihnachtsmann machte ein Gesicht, als hätte

er auf einen Kreisel gebissen. »Aber Kipp«, sagte er, »schau mich an. Ich bin ein Mensch.«

»Genau wie dein Vater«, entgegnete Kipp. Die Wichtel schnappten nach Luft. »Jeder weiß, dass es dein Vater war, der mich als Kind entführt hat.«

Ich schluckte. Deswegen also war Kipp so schneeweiß geworden, als ich ihm vorgestellt wurde.

Ich stellte mich neben den Weihnachtsmann, um ihn zu unterstützen. Als ich zu ihm aufblickte, hatte er Tränen in den Augen, aber er schaffte es, sie wegzublinzeln. »Kipp, du weißt, wie furchtbar leid mir das tut, was passiert ist. Mein Vater war ein schwieriger Mann.«

Kipp schüttelte den Kopf. »Ein schwieriger *Kindesentführer*.«

Der Weihnachtsmann schaute sich nach Mary um, ob sie das alles mitbekam. Doch sie war in der Küche am Werk, wo sie Beeren einkochte und laut dazu sang.

Dann wandte er sich wieder an Kipp – und an die Wichtel – und sprach leise weiter. »Hör mich an, Kipp, ich bin nicht mein Vater. Es gibt gute Menschen und es gibt böse Menschen, und manche Menschen haben gute und auch böse Seiten.« Er erhob die Stimme, damit alle ihn hörten. »Eigentlich unterscheiden sich die Menschen gar nicht sehr von den Wichteln, wisst ihr? Nur kann das Leben ziemlich düster sein, wenn es keinen Zauber darin gibt. Und ein düsteres Leben bringt die Menschen manchmal dazu, finstere Dinge zu tun.

Das ist der Grund, warum wir beschlossen haben, den Menschen zu helfen, richtig? Das ist der Grund, warum wir den Menschen ein wenig Zauber bringen wollten, wenigstens einmal im Jahr. Das stimmt doch, oder?«

»Ja, das stimmt!«, rief Toppo.

»Ja, das stimmt!«, rief Zettel.

»Ja, das stimmt!«, rief der Kleine Mim.

»Ja, das stimmt!«, rief Bria, die einen nagelneuen schwarzen Gürtel für den Weihnachtsmann über dem Arm trug.

»Ja, das stimmt!«, rief Miro, die schon Pinsel und Staffelei aufgestellt hatte, um die Szene festzuhalten.

»Ja, das sti-i-i-i-i-immt!«, sangen Wacholderbeere und die anderen Schlittenglöckchen.

Und auch ein paar andere Wichtel, die ich nicht kannte, riefen: »Ja, das stimmt!« Gerade begann ich, mich ein bisschen besser zu fühlen, da drängte sich noch ein Wichtel durch die Menge. Er hatte einen langen schwarzen Bart, ein dunkles Wams und buschige schwarze Augenbrauen, die aussahen wie zwei Raupen, die einander Geheimnisse zuflüsterten.

Väterchen Wodol.

»Nein!«, rief er. »Das stimmt *nicht!*« Er zeigte auf mich. »Dieser Mensch ist eine Bedrohung für uns alle. In meiner Zeitung steht die Wahrheit darüber.«

Käptn Ruß stand neben mir. Er fauchte Wodol an.

Der Weihnachtsmann stellte sich vor mich. »Lass sie in Frieden, Wodol«, sagte er. »Amelia ist ein guter

Mensch. Sie hat Weihnachten gerettet, schon vergessen? Sie hat Weihnachten *vor dir* gerettet, weil *du* Weihnachten kaputtmachen wolltest – du hast die Fliegenden Flunker-Elfen losgeschickt, um die Trolle gegen uns aufzuhetzen.«

»Ha!«, schnaubte Wodol. »Weihnachten! *Weihnachten!* Ist doch klar, dass ein *Mensch* Weihnachten retten will. Natürlich wollen die Menschen, dass die Wichtel jahrein, jahraus schuften, um Spielzeug für sie herzustellen. Welcher Mensch würde das nicht wollen? Dieses Kind ist eine brutale, gemeingefährliche Verbrecherin, und sie sollte dahin zurückgehen, wo sie hergekommen ist!«

Ich trat hinter dem Weihnachtsmann hervor und sah, dass sich die Menge geteilt hatte – die eine Hälfte nickte, und die andere Hälfte schüttelte den Kopf. Im Großen und Ganzen hielten alle Wichtel aus der Spielzeugwerkstatt und die, die graue Haare hatten, zu uns, während die, die weniger mit dem Weihnachtsmann und der Werkstatt zu tun hatten, auf Wodols Seite zu sein schienen.

Aber Wodol war noch nicht fertig. Er baute sich vor der Menge auf und sprach so laut, dass selbst die Rentiere auf der Weide aufblickten. »Dieses Kind hat Kipps Schlitten sabotiert – und das war nicht irgendein Schlitten! Sondern der Blizzard 360, das Meisterstück der Wichteltechnologie. Kipp hat ein ganzes Jahr daran getüftelt. Jeden Tag vom *Frühtau* bis *Mitten in der Nacht*. Aber das Schlimmste ist nicht der Schlittenabsturz selbst. Das Schlimmste ist, *warum* dieser Mensch den Schlitten zum Absturz gebracht hat. Und wisst ihr auch, warum?«

»Es war ein Unfall«, murmelte ich.

»Ich sage euch, warum!«, donnerte Wodol. »Ich sage euch, warum.« Und dann sagte er es: »Es war ein Mordanschlag auf einen von uns!«

»Auf wen?« Der Aufschrei flatterte aus den Mündern wie ein vielstimmiger Vogel.

»Das könnt ihr morgen im *Wahren Schnee* lesen. Wurz, einer meiner Top-Reporter, hat die Story aufgedeckt. Nicht wahr, Wurz?«

Neben ihm stand ein kleiner blonder unförmiger Wichtel, der heftig nickte. »Absolut, Boss. Kipp hat alles gesehen. Das ist die Story der Woche – die Story des Jahrhunderts.«

Das war zu viel. Vor Wut begann ich zu zittern. Ich trat auf die Schwelle, wo alle Wichtel mich sehen konnten. Die Menge wurde still. Münder klappten auf. Mein Blick schweifte zu Blitz auf der Rentierweide, und ich bildete mir ein, er nickte mir ermutigend zu.

»Das ist eine gemeine Lüge. Es tut mir sehr, sehr leid, dass ich Kipps Schlitten kaputtgemacht habe. Es tut mir unglaublich, schrecklich, einhundertprozentig leid. Aber es war ein Unfall, der nur passiert ist, weil ich meinen Kater retten wollte.« Ich hielt Käptn Ruß hoch. »Ich musste den Schlitten losmachen, sonst wäre Käptn Ruß gestorben. Und dann ist der Schlitten abgestürzt, drüben in den Waldigen Hügeln, mitten in der Wildnis. Kipp war weit weg. Er konnte gar nicht sehen, was passiert ist.«

Wodol kam grinsend auf mich zu. »Da seht ihr, was für Lügner die Menschen sind. Die Frage ist: Wem glaubt ihr – einem Wichtel wie Kipp, der sein ganzes Leben hier verbracht hat? Oder irgendeinem dahergelaufenen verlogenen Menschenkind von der anderen Seite des Sehr Hohen Berges, das sich im größten Haus von Wichtelgrund eingenistet hat?«

Der Weihnachtsmann bekam vor Zorn rote Wangen. »Ich habe das Gefühl, Wodol, dass du schon wieder versuchst, Weihnachten zu zerstören. Amelia ist nicht irgendein Mensch. Sie ist ein ganz besonderer Mensch.«

Wodol strich sich über den Bart. »Tja, Weihnachtsmann, ich habe schon immer gewusst, dass dir das Wohl der Menschen wichtiger ist als das Wohl der Wichtel.«

»Das stimmt einfach nicht. Als du ihr Anführer warst, waren die Wichtel unglücklich. Jetzt dürfen sie wieder singen und spickeltanzen. Sie arbeiten gerne in der Spielzeugwerkstatt. Sie haben wieder ein gemeinsames Ziel – den Weihnachtszauber zu verbreiten. In der Werkstatt war heute den ganzen Tag Hochstimmung, und alle haben Weihnachtslieder gesungen.«

Wodol kniff die Augen zusammen. Seine Stirn kräuselte sich wie Wasser im Wind. An seinen Schläfen schwollen die Adern an. »Will vielleicht jemand einen Blick auf die Zeitung von morgen werfen?«

»Ja!«

»Ja!«

»Ja!«

»Keine Drumwickerei, Wodol«, warnte Toppo.

Aber es war zu spät. Wodol drumwickte bereits. Und ehr wir uns versahen, lag ein Schwirren in der Luft. Wie ein Schwarm Vögel. Es flatterte und raschelte. Aber es waren keine Vögel, die da durch die Luft schwärmten, es waren Zeitungen – Hunderte von Zeitungen. Jede landete in den Händen eines Wichtels, und zufälligerweise war genau für jeden Wichtel eine da.

Wodol wirkte leicht erschöpft, doch zufrieden. Alle vertieften sich in die Titelseite. »Offenbar ist der Zauber auf meiner Seite«, sagte Wodol. »Eine Weile hatte ich Schwierigkeiten, aber es sieht so aus, als ob die Stimmung der Wichtel umschlägt. Jetzt liegt meine Art der Hoffnung in der Luft.«

Auch dem Weihnachtsmann flog eine Zeitung zu. Ich sah die Titelseite. Wieder war da ein Bild von mir, und diesmal lautete die Schlagzeile: »MÖRDERIN!«

Als ich zu lesen begann, kam Mary aus der Küche.
»Was ist denn hier los?«, fragte sie.
Und dann schnappte sie nach Luft, als sie las, was ich las:

Es war kein harmloser Schlittenunfall, der dem Menschenkind, das sich Amelia Wishart nennt, widerfuhr. Wie der Wahre Schnee *aufgedeckt hat, hatte die Fremde, die in der Luxusvilla des Weihnachtsmanns in der Rentierstraße residiert, geplant, eine unschuldige Wichtelmutter mit ihrem Baby zu ermorden. Ja, richtig gelesen. Kringel, die Zuckerbäckerin, und die kleine Suki wären um ein Haar Opfer des Anschlags der Menschin geworden. Glücklicherweise wurde Wichtelmutter Kringel durch Sukis Schreie im letzten Moment gewarnt und konnte das Baby und sich gerade noch in Sicherheit bringen, bevor der Schlitten am Boden zerschellte.*

Schlittenlehrer und Entführungsopfer Kipp, der den Blizzard 360 entworfen und gebaut hat, hat alles mit eigenen Augen gesehen.

»Ich habe es mit eigenen Augen gesehen«, berichtet er dem Wahren Schnee.

Erfahrt mehr über den gefährlichen Menschen auf Seite 2, 3, 4, 5, 6, 7, 9, 10, 11, 15 und 17. Außerdem in dieser Ausgabe unsere 24-seitige Beilage: Was ist zu tun, wenn sich ein Mensch nähert? Außer WEG-

LAUFEN und »HILFE« SCHREIEN – was natürlich die erste Regel ist.

Nie im Leben war ich so wütend gewesen. Nicht einmal in Creepers Arbeitshaus. Nie hatte mein Herz so heftig geschlagen, nie hatte mein Gesicht so rot geglüht.

»Da ist ja Kringel«, rief Wodol, »mit der kleinen Suki … Sag's ihnen, Kringel, sag ihnen, was passiert ist.«

»Ehrlich gesagt weiß ich es gar nicht. Es ging alles so schnell. Ich war im Wald, um nach Beeren für neue Geschmacksrichtungen zu suchen und mir ein paar Ideen für neue Rezepte zu holen. Wir wanderten so durch den Wald, und plötzlich sehe ich, wie der Schlitten auf uns zurast.«

Ich hatte das Gefühl, ich würde gleich explodieren. Aber ich war nicht die Einzige, die wütend war. Auf einmal stürmte Mary mit einem Topf voller Beerenkompott auf Wodol zu.

»Nein, Mary, nicht!«, rief der Weihnachtsmann.

»Das wäre keine gute Idee«, gab auch Toppo zu bedenken.

»Oh-oh!«, murmelte eins der Schlittenglöckchen.

Wodol blieb keine Zeit für Zauberei, denn Mary war zu schnell. Schon stand sie über ihm – Wodol war zwar groß für einen Wichtel, aber er reichte Mary nur bis zur Taille. Er starrte hinauf in den kippenden Topf, und im nächsten Moment ergoss sich das heiße dunkelrote Kompott über seinen Kopf, sein Gesicht und seinen Bart.

Die Menge japste. Und japste noch einmal.

»Wie kannst du es *wagen*, so über Amelia zu reden!«, schimpfte Mary, die, als Wodol gänzlich mit Kompott bedeckt war, mit dem Topf ausholte und ihn in seine Richtung schwang. Doch Wodol hatte sich die Beeren aus den Augen gewischt und sah, was sie vorhatte.

Schnell ließ er einen kleinen Drumwick los, und obwohl Mary zurückzuzaubern versuchte, war sie dafür einfach noch nicht gut genug und erstarrte zur Salzsäule.

»Da seht ihr es!« Wodol tupfte sich das Kompott vom Gesicht. »Da seht ihr, wie brutal und gemeingefährlich die Menschen sind. Ist es das, was wir bei uns in Wichtelgrund haben wollen?«

»Lass Mary sofort frei!«, rief der Weihnachtsmann. Natürlich musste er nicht warten, bis Wodol tat wie geheißen. Er konnte ja selber zaubern. Eine Sekunde später bewegte sich Mary wieder. Der Topf, den sie geschwungen hatte, sauste weiter. Allerdings war Wodol inzwischen aus der Flugbahn getreten, und Mary wirbelte um die eigene Achse und landete mit einem Plumps im Schnee.

Der Weihnachtsmann und ich halfen ihr auf.

»Schon gut, Mary«, sagte der Weihnachtsmann beschwichtigend. »Zerbrich dir wegen Wodol nicht den Kopf.«

Doch Wodol belferte weiter: »Schaut sie euch an! Wie sie sich umeinander kümmern. Wir müssen uns in Acht nehmen. Innerhalb eines Jahres hat sich die Zahl der Menschen in unserer Gemeinde VERDREIFACHT!«

Der Weihnachtsmann lachte. »Ja. Von einem auf drei. Und zwei davon sind verdrumwickelt, also sind wir eigentlich gar keine richtigen Menschen. Der einzige Mensch hier ist Amelia.«

Seine letzten Worte hallten in meinem Kopf nach wie das Echo in einer dunklen Höhle.

Der einzige Mensch.

Der einzige.

Der einzige.

Am liebsten wäre ich davongerannt, in den Schornstein geklettert und für immer dort geblieben.

»Ja, da hast du wohl recht«, sagte Wodol zur Menge gewandt, in der viele noch damit beschäftigt waren, im *Wahren Schnee* Lügen über mich zu lesen, »das Kind ist der einzige echte Mensch in Wichtelgrund. Und der schlimmste von euch. Auch wenn schon beinahe Weihnachten ist – das Kind ist bei uns nicht willkommen.«

»Aber sie hat kein anderes Zuhause.«

Ich konnte keinen klaren Gedanken fassen. Ich sah die Menge der Wichtel, die mich anstarrten. Manche hatten freundliche mitfühlende Gesichter, und manche unfreundliche, aber es war egal. Es machte gar keinen Unterschied. Ich war keine von ihnen. Ich konnte nicht spickeltanzen, ich konnte nicht wichtelrechnen, ich konnte kein Spielzeug herstellen und keine Schlitten fliegen. Irgendwann würden sie sich alle gegen mich wenden. Vielleicht würde sich sogar der Weihnachtsmann gegen mich stellen. Je länger ich bei Nikolas und Mary blieb, desto mehr Gerede und Getratsche und Geläster würde es geben, und es würde immer schlimmer werden.

Ich musste hier weg.

In einem Schornstein konnte ich nicht leben.

In Wichtelgrund gab es keinen Platz für mich.

»Es gibt hier nichts mehr zu sehen«, erklärte der Weihnachtsmann. »Oder zu sagen. Wir haben fast Weihnachten, und darauf sollten wir uns konzentrieren. Amelia hat ein gutes Herz. Das weiß ich mit Sicherheit. Und wenn man bereit ist, das Gute im Herzen zu sehen, dann strahlt es zurück. Genauso ist es bei ihr.«

Mit diesen Worten griff er nach meiner Hand, trat mit mir ins Haus zurück und schloss leise die Tür.

Der Brieffänger

In der Nacht, als Nikolas und Mary schliefen, zog ich mir so viele Kleider an wie nur übereinandergingen, außerdem meine wärmsten Stiefel, und stieg leise die Treppe hinunter zu Käptn Ruß, der in seinem Korb lag und sich die Vorderpfote leckte. Ich nahm ihn auf den Arm, füllte mir die Taschen mit Beeren und Pfefferkuchen und schlich mich still wie ein Mäuschen aus dem Haus.

Auf dem Küchentisch hinterließ ich eine Nachricht: »Ich kehre in die Menschenwelt zurück. Dort gehöre ich hin. Bitte sucht nicht nach mir. Amelia.«

Dann ging ich im Dunkeln durch die Rentierstraße, vorbei an den undeutlichen Umrissen der schlafenden Rentiere, und nahm, obwohl es Nacht und ein bisschen unheimlich war, den Weg über die Ruhige und die Ganz Ruhige Straße. Auf der Ganz Ruhigen Straße kam ich an dem extrem kleinen Häuschen mit dem einen winzigen Fenster und der schwarzen Tür vorbei, in dem Wodol wohnte, dann überquerte ich die Sieben-Kurven-Straße und schlug schnurstracks den Weg zum Sehr Hohen Berg ein.

Käptn Ruß zitterte vor Kälte. Ich schob ihn tief in meinen Mantel, um ihn zu wärmen.

Schließlich begann ich mit dem Aufstieg. Er war mühsam. Mit jedem Schritt sank ich tiefer in den Schnee.

»Alles wird gut«, flüsterte ich Käptn Ruß zu, obwohl ich wusste, dass es nicht stimmte.

Ich hatte keinen Plan, außer dem, nach Süden zu wandern. Vor langer Zeit, als der Weihnachtsmann noch nicht der Weihnachtsmann war, sondern bloß ein Junge namens Nikolas, war er von der kleinen finnischen Stadt Kristiinankaupunki den ganzen Weg zu Fuß hierhergewandert und hatte den Sehr Hohen Berg bezwungen, bevor er kurz vor Wichtelgrund im Schnee zusammengebrochen war. Aber so weit musste ich gar nicht gehen. Ich musste bloß das erste Dorf auf der anderen Seite erreichen. Dort würde man einem Kind, das allein unterwegs war, bestimmt helfen.

Außerdem hatte ich Käptn Ruß dabei. Menschen mögen Katzen.

Meine Beine fühlten sich schwerer an als Kiefernstämme. Der Schnee reichte mir bis übers Knie. Die Tränen in meinen Augen ließen die Sterne am Himmel verschwimmen. Doch irgendwann erreichte ich den Gipfel. Unter mir, auf der anderen Seite, lagen Meilen über Meilen dunkler Wald.

»Da«, sagte ich zu Käptn Ruß, der die Nase zwischen zwei meiner Mantelknöpfe herausstreckte. »Das ist die Menschenwelt. Dort gehören wir hin.«

Käptn Ruß sah mich zweifelnd an.

»Ja, gut, ich weiß, dass du kein Mensch bist«, sagte ich. »Aber die Menschenwelt ist auch die Katzenwelt. Menschen und Katzen gehören zusammen. Oder Menschen gehören zu Katzen. Vielleicht ist es so und nicht umgekehrt.«

Käptn Ruß verkroch sich wieder in der Wärme meines Mantels.

Plötzlich rief eine Stimme aus der Dunkelheit. Erschrocken sah ich mich um. Die Stimme kam nicht aus der Richtung, aus der ich gekommen war, sondern von weiter oben, von der höchsten Spitze des Berges.

»He! Du da! Was machst du da?«

Es war eine hohe Stimme. Eine Wichtelstimme.

O nein.

Ich versuchte im Dunkeln zu erkennen, wer sich da näherte. Trotz seiner kurzen Beine und des tiefen Schnees war er schnell. Anscheinend war es ein sehr akrobatischer Wichtel, fast wie jemand vom Zirkus. Er stapfte nicht, er hüpfte, hopste und rollte durch den Schnee. Bis er mit einem dreifachen Salto auf einem Felsen direkt vor meiner Nase landete.

Der Wichtel, der vor mir stand, lächelte breit und trug einen hohen Hut, der noch höher als die normalen Wichtelzipfelmützen war und eine breite Pelzkrempe hatte. Es war ein Spezialhut – ein Schneehut, für einen Wichtel gemacht, der sehr viel Zeit draußen im Schnee verbrachte. Außerdem hatte er einen riesigen Rucksack auf.

»Du musst das Menschenkind sein!«, sagte er.

Oje, dachte ich, *jetzt geht es wieder los. Noch ein Wichtel, der Wodols Lügen glaubt.*

»Lass mich in Frieden, ja? Bleib du bei den Wichteln. Ich gehe zurück zu den Menschen, wo ich hingehöre.«

Der Wichtel lächelte weiter, auch wenn ich in seinen Augen Enttäuschung sah. »Na gut, ich dachte nur, es wäre doch nett, ein bisschen zu plaudern. Hier oben auf dem Gipfel des Sehr Hohen Berges ist es manchmal ziemlich einsam, wenn niemand da ist, mit dem ich mich unterhalten kann. Wichtel sind nicht gern allein, weißt du? Wir unterhalten uns gern und mögen Gesellschaft. Ist dir wahrscheinlich schon aufgefallen.«

Ich dachte an die Wichtel, die sich vor der Tür des Weihnachtsmanns versammelt und mich angestarrt hatten. »Ja, ist mir aufgefallen … Aber ehrlich gesagt bin ich im Moment wohl keine besonders gute Gesellschaft.«

Der Wichtel legte einen Finger ans Kinn und schwieg einen Moment. Dann sagte er: »Und wie wäre es mit *jetzt*? Die Momente sausen nur so vorbei, und sie sind alle unterschiedlich. Jetzt. Jetzt. Jetzt. Lauter verschiedene Momente. Dieser Moment ist anders als jener, und der ist anders als jetzt – das Jetzt von eben. Die Kunst liegt darin, einen Moment zu fassen zu kriegen.«

Ich war verwirrt. Dies war ein sehr verwirrender

Wichtel. Aber ich spürte auch, dass Verwirrung besser war als die abgrundtiefe TRAURIGKEIT – in Großbuchstaben –, die ich gespürt hatte, bevor ich verwirrt war.

»Aber weißt du, was überhaupt nicht schwer zu fassen zu kriegen ist?«, fragte er.

»Was denn?«

Plötzlich wirbelte der Wichtel durch die Luft – mit einem Salto, weit über meinen Kopf hinaus. Als er landete, sank er kaum in den Schnee ein, obwohl der Schnee ziemlich tief war. Er hatte es in der Kunst der federleichten Landung zur Perfektion gebracht.

Er hielt etwas hoch. Ein weißes Rechteck, das im Mondschein leuchtete.

Einen Briefumschlag. »Briefe!«, sagte er. »Briefe sind leicht zu fangen. Für mich jedenfalls. Das ist nämlich mein Beruf, weißt du?«

»*Du* bist der Brieffänger?«

»Ja, der bin ich. Alle Briefe, die die Menschen an den Weihnachtsmann schicken, landen hier. Von den Wünschen angetrieben, die sie enthalten, fliegen sie mit dem Wind hier herauf, jeden Tag zu Tausenden. Aus der ganzen Welt. Und sie schaffen es deshalb bis hinauf auf den Sehr Hohen Berg, weil …«, mitten im Satz entdeckte er den nächsten Brief, der vorbeiflog, streckte die Hand aus und fing ihn aus der Luft. »Ich heiße übrigens Pippin. Kurz Pip. Sehr erfreut, dich kennenzulernen.«

»Ich bin Amelia.«

»Amelia. Amelia. *A-me-li-a*. Das klingt schön. Es klingt wie ein …«

Neugierig streckte Käptn Ruß den Kopf aus meinem Mantel.

Erschrocken machte Pippin einen Satz. »Aaaah! Du hast zwei Köpfe! Niemand hat mir gesagt, dass Menschenkinder zwei Köpfe haben!«

»Das ist mein Kater«, erklärte ich.

»Dein was?«

»Mein Kater. Eine männliche Katze. Er gehört auf die südliche Seite des Berges, genau wie ich.«

Pippin steckte die beiden Briefe in seinen Rucksack. »Aber was ist mit dem Weihnachtsmann und der Weihnachtsfrau? Ich dachte, du gehörst zu ihnen. Oder nicht?«

Ich setzte mich auf den Felsen, der aus dem Schnee ragte, und nickte. »Eigentlich schon, aber irgendwie hat es nicht geklappt.«

»Warum? Ist der Weihnachtsmann böse auf dich?«

»Nein, auch wenn er allen Grund dazu hätte.«

»Warum?«

Und so saß ich dort oben auf dem Sehr Hohen Berg, sah auf Finnland hinaus, das sich vor meinen Füßen erstreckte, und schüttete Pippin mein Herz aus. Ich erzählte ihm alles, was passiert war. Und auch von meinem Plan, in die Menschenwelt zurückzukehren.

»Dort warst du immer glücklich? In der Menschenwelt?«

Ich schüttelte den Kopf. »Nein, nicht immer. Nicht mal besonders oft. Aber wenigstens gehörte ich dorthin. Wenigstens fiel ich niemandem zur Last, außer mir selbst. Bei den Wichteln bin ich nicht willkommen.«

»Das stimmt doch gar nicht. Viele Wichtel wollen dich hierhaben. Ich zum Beispiel habe mich riesig gefreut, als ich hörte, dass ein Menschenkind nach Wichtelgrund zieht. Das ist doch wunderbar.« Plötzlich richtete er den Blick zum Himmel und dann in Richtung Wichtelgrund. »Oh, das ist merkwürdig.«

»Was denn?«

»Sieh dir den Himmel an. Und die Nordlichter.«

Die grünen Lichtbänder wogten blass am Himmel und schimmerten wie magischer Staub. »Hier oben sieht man sie jede Nacht, oder?«

»Ja, aber normalerweise strahlen sie über den ganzen Himmel und erleuchten ganz Wichtelgrund. Heute sind sie schwächer. Man sieht sie kaum.«

»Und was bedeutet das?«

»Es bedeutet, dass nicht viel Zauber in der Luft liegt. Wahrscheinlich ist das auch der Grund, warum viel weniger Briefe ankommen als sonst.«

Ich verstand nicht ganz, was er meinte, aber als ich hinunter zur finnischen Seite des verschneiten Berges blickte, sah ich, wie dort etwas im Schnee landete. Noch ein Brief.

Pippin sah ihn auch.

»Das ist noch seltsamiger. Ich weiß, dass das kein richtiges Wort ist, aber wenn es eins wäre, wäre es das passende.«

»Warum?«, fragte ich. »Was ist so seltsamig daran? Ich dachte, hier landen ständig Briefe.«

Er nickte. »Ja, das stimmt! Sie landen hier! Nicht da unten. Seit es Weihnachten gibt, landen die Briefe ganz oben auf dem Gipfel des Berges. Früher, also vor zwei Jahren, das war eine andere Geschichte. Aber in letzter Zeit läuft alles tippitoppi. Manchmal fliegen die Briefe sogar so hoch, dass ich auf dem Gipfel Luftsprünge machen muss, um die Briefe zu fangen.«

Er machte einen Luftsprung, den rechten Arm zum Himmel gestreckt, um es mir vorzuführen.

Dann starrte er wieder zu dem Brief, der weiter unten lag. »Und da ist noch einer. Schau doch. Noch weiter unten.«

Er hüpfte los – diesmal ohne Salto –, sauste durch den Schnee und sammelte beide Briefe ein.

Dann kam er zurück, öffnete einen der Umschläge und las vor.

*Lieber Weihnachtsmann,
ich heiße Elias. Ich wohne in Linköping in Schweden. Zu Weihnachten wünsche ich mir ein Kartenspiel, damit ich mit meiner Schwester spielen kann, die seit einer Weile sehr krank ist. Vielen Dank, dass du letztes Jahr bei uns warst. Über die Kreisel und die Gummibälle haben wir uns riesig gefreut. Es war ein richtiges Wunder! Wir sind sehr froh, dass es Wunder wirklich gibt und dass du wirklich kommst. Eine Million Mal danke.
Es grüßt hochachtungsvoll
Dein Elias (neun Jahre alt)*

Während Pippin vorlas, musste ich an den Brief denken, den ich vor zwei Jahren an den Weihnachtsmann geschrieben hatte, als ich noch in London in der Kurzwarengasse 99 lebte. Ich erinnerte mich, dass ich ihm von Käptn Ruß erzählt hatte – *manchmal klaut er beim Fischhändler Sardinen oder rauft mit den Straßenkatzen, weil er denkt, er wäre ein Hund* –, bevor ich zum wichtigen Teil des Briefs gekommen war. Zu meinen Wünschen. Ich hatte mir vier Dinge gewünscht:

Einen neuen Besen zum Schornsteinfegen.
Einen Kreisel.
Ein Buch von Charles Dickens (meinem Lieblings-Schriftsteller).
Dass es meiner Mutter bessergeht.

Natürlich konnte er mir den vierten Wunsch nicht erfüllen. Und das war das Problem. Eine Weile lang war ich sehr zornig deswegen gewesen, bis ich begriff, dass Wunder Grenzen haben, weil es sonst keine Wunder wären. Bis ich verstand, dass Wunder nicht einfach alles Schlimme verschwinden lassen – aber es hilft, schlimme Zeiten zu überstehen, wenn man weiß, dass es Wunder gibt und wieder geben wird.

An all das dachte ich, während Pippin den Brief zusammenfaltete und wieder in den Umschlag steckte. Er legte die Stirn in Falten.

»Schweden«, seufzte er. Und wiederholte es ein paarmal, fast als wäre es eine Frage. »Schweden? Schweden? Schweden?«

»Was ist damit?«

»Der Brief kam aus *Schweden*.«

»Ja, und?«

»Also, Schweden ist nicht weit von hier. Erst kommt Finnland, und dann kommt Schweden. Die beiden sind Nachbarländer. Die Briefe aus Schweden fliegen immer am höchsten.«

Dann las er den Absender des anderen Briefs. »Norwegen.«

Er stellte den Rucksack ab und ging alle Umschläge durch – manchmal musste er den Brief öffnen, um die Adresse zu finden. »Finnland ... Finnland ... Norwegen ... Finnland ... Schweden ... Russland ... Finnland ... Finnland ... Schweden ...«

»Ja, aber was heißt das?«, fragte ich wieder, während Käptn Ruß schnurrend in meinem Mantel schlief.

Pippins Gesicht war ohne Lächeln fast nicht vorstellbar, doch jetzt lächelte er nicht. »Was das heißt, ist, dass kein einziger dieser Briefe mehr als tausend Meilen geflogen ist. Oder auch nur fünfhundert.« Dann kramte er tiefer im Rucksack und fischte weitere Brief heraus. »Ah, hier ist einer aus Indien. Und dieser kommt aus Amerika. Und der hier aus Schottland. Das gefällt mir schon besser ... Aber die Briefe von weit her sind alle *vor Stunden* eingetroffen. Jetzt kommt kein einziger Brief mehr von weit her. Nur noch welche aus der Nähe. Dafür braucht es nicht so viel Magie. Wenn also keine Briefe aus der Ferne mehr hier ankommen, ist irgendetwas im Busch. Ich glaube, wir haben eine Energiekrise.«

»Eine Energiekrise?«

»Eine Hoffnungskrise. Immer weniger Momente, die greifbar werden. Deswegen kommen die Briefe nicht an. Und die, die ankommen, schaffen es nicht mal bis zum Gipfel. Deswegen sind auch die Nordlichter so blass ...«

»Und was kann der Grund dafür sein?«

»Ich weiß es nicht. Aber es muss irgendetwas sein, das vor kurzem passiert ist. Heute Abend. Und es muss sehr ernst sein, denn du weißt ja, was heute ist? Heute ist die Nacht vor Heiligabend. Bis spätestens morgen müssen alle Briefe hier sein.« Er sah sich um, blickte zum Himmel, dann hinaus auf die schwarzen Wälder Finnlands und in die andere Richtung zu den kleinen Punkten der Häuser von Wichtelgrund, bevor er den Blick wieder auf mich richtete. »*Du.*«

»Was?«

»Es ist deinetwegen.«

Ich wurde traurig. »Siehst du? Ich habe ja gesagt, ich gehöre nicht hierher.«

Pippin schüttelte gleichzeitig den Kopf und den Zeigefinger. »Nein, nein, nein. Verstehst du denn nicht? Es ist genau umgekehrt. Die Hoffnungswerte stiegen, als du hierherkamst. Und jetzt sinken sie, weil du gehst. Denk mal darüber nach. Wenn du jetzt gehst, hat Wodol gewonnen. Er kriegt seine Rache. Viele Wichtel werden glauben, was er behauptet. Sie werden die Menschenkinder für böse halten. Vielleicht lassen sich sogar die Werkstattwichtel von Wodol überzeugen. Dann werden sie nicht mehr für den Weihnachtsmann arbeiten wollen. Und wenn sie nicht mehr für den Weihnachtsmann arbeiten, werden der arme kleine Elias aus Linköping und all die anderen Millionen von Kindern auf der ganzen Welt nichts in ihren Strümpfen und unter dem Weihnachtsbaum finden – und dann gibt es keinen Zauber mehr in ihrem Leben.«

Ich dachte darüber nach. Während ich nachdachte, nahm Pippin einen Lebkuchen aus der Tasche, brach ihn entzwei und bot mir ein Stück an.

»Ich sag dir eins«, nuschelte er mit vollem Mund, »wenn du jetzt diesen Berg runtergehst und nie mehr zurückkommst, werden die Nordlichter ganz verblassen. Und dann kommen gar keine Briefe mehr.«

»Na ja, dann hättest du weniger Arbeit.«

Pippin verschluckte sich an seinem Lebkuchen. Er schüttelte den Kopf und sprang auf die Füße. »Willst du mich *veräppeln*? Briefefangen ist die beste Arbeit der Welt! Auch wenn es manchmal einsam ist. Aber dafür fange ich Träume. Ich bin die Brücke zwischen zwei Welten. Ich mache den Weihnachtsmann froh. Bevor ich Briefefänger wurde, war ich Anzeigenverkäufer.«

»Anzeigenverkäufer? Was ist das?«

»Puh! Das war die todlangweiligste Arbeit in ganz Wichtelgrund. Ich war beim *Tagesschnee* angestellt.

Damals, als er noch voller Lügen war – unter Wodols Leitung. Wodol ist ein schrecklich habgieriger Wichtel. Er wollte die Zeitung mit Anzeigen zukleistern, um noch mehr Geld zu verdienen, und deshalb hat er mich losgeschickt, um die Läden auf der Hauptstraße abzuklappern – Muckes Musikladen und den Holzschuhladen und Rot & Grün und Bücherzauber. Ich sollte alle überreden, in der Zeitung Werbeanzeigen zu kaufen. Und das Schlimme war, Wodol wollte, dass sie so ein Ding unterschreiben, das sich *Vertrag* nennt. Aber die Wichtel sind nicht gut in Verträgen, weil da alles so klein gedruckt ist, und deshalb unterschreiben sie immer, ohne zu lesen, was drinsteht, einfach weil es ihnen Spaß macht, ihren Namen in großen Buchstaben auf die Linie zu schreiben. Ich hatte extra immer bunte Stifte dabei. Auch wenn sie gar nicht wussten, was sie unterschreiben. Das Pudding-Café zum Beispiel verpflichtete sich durch den Vertrag, ein ganzes Jahr lang Werbeanzeigen in der Zeitung zu kaufen. Am Ende musste das Café schließen, weil die Besitzerin Wodol wegen der Anzeigen ihr ganzes Geld schuldete … Heute gibt es im *Tagesschnee* fast keine Anzeigen mehr, weil Nusch eine nette Wichtelin ist und niemals Leute Dinge unterschreiben lassen würde, die sie nicht verstehen. Sie will nur, dass die Leute ihre Zeitung lesen. Aber anscheinend will sie keiner mehr kaufen.«

»Weil Nusch die Wahrheit schreibt.«

»Ja.«

Käptn Ruß wachte auf, und ich gab ihm einen Lebkuchenbrösel.

»Aber wie kann ich in Wichtelgrund bleiben, wenn alle mich hassen?«

»Du bist nicht die Einzige, die schon mal von allen gehasst wurde, weißt du. Als ich Anzeigenverkäufer war, da haben mich auch alle gehasst. Obwohl ich immer versucht habe, sie mit Kunststücken zu unterhalten. Ich habe Saltos und Flickflacks die Hauptstraße hinunter gemacht, aber keinen hat es interessiert, solange ich die vermaledeiten Verträge dabeihatte. Es hat sie auch nicht interessiert, dass ich kleine Wichtel zu Hause hatte, für die ich sorgen musste. Erst der Weihnachtsmann hat den anderen Pippin erkannt. Er hat das Gute in mir gesehen und mein akrobatisches Talent, und er fand genau die richtige Arbeit für mich.«

»Briefefangen.«

»Genau. Aber wenn du jetzt gehst, hat es sich mit dem Briefefangen erledigt. Und die Spielzeugwerkstatt wäre auch bald überflüssig. Und der Weihnachtsmann. Nur du kannst ihn retten. Du kannst uns alle retten.

Wenn du jetzt gehst, garantiere ich dir, dass Wodol gleich nach Weihnachten die Macht wieder an sich reißt. Und dann ist es vorbei mit dem Glück in Wichtelgrund – diesmal für immer. Und kein Kind wird je wieder ein Weihnachtsgeschenk bekommen.«

Käptn Ruß leckte sich das Mäulchen. Der Lebkuchen schmeckte ihm. Ich kraulte ihn hinter den Ohren und versuchte nachzudenken. »Aber wie soll ich das tun? Nichts kann Wodol daran hindern, Lügen über mich in die Welt zu setzen. Wenn ich bleibe, bin ich das unbeliebteste Geschöpf, das je hier gelebt hat. Und wenn Wodol wieder an die Macht kommt, macht er das Gefängnis von Wichtelgrund wieder auf und sperrt mich wahrscheinlich ein. Und vielleicht sperrt er auch Mary und den Weihnachtsmann ein. Einfach nur, weil sie Menschen sind.«

»Daher musst du ihn aufhalten.«

»Wie?«

»Indem du etwas Gutes tust. Indem du ... etwas Gutes tust und den Wichteln zeigst, dass du nicht hier bist, um uns zu schaden, sondern um uns zu helfen.« Er nahm den Hut ab und kratzte sich am Kopf. »Wenn man die richtige Stelle am Kopf kratzt, springen die Ideen heraus, wusstest du das? Du musst nur die richtige Stelle finden. Es ist eine ganz bestimmte.« Er versuchte es an verschiedenen Stellen – am Scheitel, am Hinterkopf, hinter den Ohren -, und ich kratzte mich auch am Kopf, um zu sehen, ob es bei Menschen genauso war.

»Ha!«, rief er und sprang in die Luft. »Ich hab's! Du bezahlst den Schaden am Schlitten!«

Ich seufzte, und eine Wolke kalter Luft kam aus meinem Mund. »Daran habe ich auch schon gedacht. Aber wie? In Wichtelarbeiten bin ich einfach nicht gut.«

»Worin bist du denn gut?«, fragte Pippin.

»Im Schreiben. Das ist meine Lieblingsbeschäftigung«, sagte ich.

»Dann arbeite doch für den *Tagesschnee*! Du schreibst die allertollste Geschichte, damit alle wieder den *Tagesschnee* lesen wollen.«

»Daran habe ich auch schon gedacht. Ich habe sogar schon mit Nusch darüber gesprochen. Aber die Wahrheit kann mit den Lügen nicht mithalten. Das ist unmöglich.«

Pippin legte den Finger an die Lippen. »Psst! Sag dieses Wort nicht. Die Wahrheit kann viel magischer sein als jede Lüge. Wenn Wodol wieder an die Macht kommt, wenn er sich wieder in die Herzen und Köpfe der Wichtel schleicht, dann ist alle Hoffnung verloren. Und ohne Hoffnung kein Weihnachten. Nie wieder. Es wäre ein Loch in mir, das ich niemals füllen könnte.«

Ich blickte in die Ferne – diesmal nicht zu den finnischen Wäldern, sondern in die andere Richtung. Nach Wichtelgrund. Im Mondlicht und dem schwachen Schein der verblassten Nordlichter sah ich alles: Das Dorf. Die Spielzeugwerkstatt. Die Rentierweide.

Und dort hinten im Westen die Waldigen Hügel, wo die Elfen lebten und wo ich den Blizzard 360 zu Schrott geflogen hatte. Irgendwo da draußen in den Magischen Landen musste es eine Geschichte geben. Eine wunderbare Geschichte, die Nusch und die Wichtel lieben würden. Die Grundlage für einen Artikel, den jeder lesen wollte und der ihnen wieder Hoffnung gab. Aber was konnte es sein?

Und dann fiel mir auf, was Pippin gerade gesagt hatte. »Sag das noch mal«, bat ich.

Er zuckte die Schultern. »Die Wahrheit kann viel magischer sein als jede Lüge ...«

»Nein, nicht das. Nur den Schluss. Das Letzte, was du gesagt hast.«

»Es wäre ein Loch in mir, das ich niemals füllen könnte.«

Ein Loch.

Ich stand auf von meinem Felsen. Oben auf dem Gipfel des Berges. Hier, genau in der Mitte zwischen der Menschenwelt und der Welt der Magie. »Das ist es«, sagte ich.

»Was?«

»Das Loch! Nach dem Schlittenunfall habe ich im Wald ein Loch entdeckt. Das Loch führt irgendwohin. Es hat irgendeinen Zweck. Da war ein Fliegender Flunker-Elf, der etwas von Papiervögeln erzählt hat, die aus dem Loch geflogen kamen. Papiervögel. Aber ich glaube, das waren keine Vögel. Es waren Zeitungen.

Ich habe die fliegenden Zeitungen ja gesehen. Und dahinter steckt Wodol. Mit seiner dunklen Zauberei. Ich werde der Sache auf den Grund gehen. Ich steige in das Loch und finde heraus, was sich da unten verbirgt. Ich finde heraus, was Wodol im Schilde führt … *Das* wird meine Geschichte.«

»Klingt ganz schön gefährlich«, sagte Pippin und machte ein ängstliches Gesicht.

Fast im gleichen Moment zeigte er zum Himmel – auf der Menschenseite des Berges. »Sieh doch!«

Und dann sah ich es auch. Es war ein Brief, der durch die Nacht wirbelte. Und anders als die ersten Briefe, die ich gesehen hatte, flog dieser immer höher, höher und höher, bis zum Gipfel, und sogar noch höher – so hoch, dass Pippin einen schwindelerregenden Luftsprung machen musste. Und er fing ihn auf. Strahlend zeigte er ihn mir. »Sieh dir das an! Aus Queensland in Australien! Das ist am anderen Ende der Welt! Es ist wieder Hoffnung da! Schau doch! Schau dir den Himmel an!«

Ich blickte zum Nachthimmel hinauf. Er strahlte wie ein Feuerwerk in den leuchtendsten Grüntönen.

»Du scheinst wirklich einer großen Sache auf der Spur zu sein«, rief Pippin.

Mein Herz schlug höher, vor Aufregung und auch vor Angst.

Ich holte tief Luft und blickte nach Wichtelgrund. Käptn Ruß kuschelte sich in meinen Mantel. Dann blickte ich zu den Waldigen Hügeln, die im Dunkeln dalagen, und fragte mich, was mich dort erwartete.

Zögernd machte ich ein paar Schritte hangabwärts, als plötzlich am Himmel acht Rentiere und ein großer Schlitten auftauchten und direkt auf mich zuhielten.

»Der Weihnachtsmann!«, quietschte Pippin hinter mir aufgeregt.

Er hatte recht.

Mit einer Vollbremsung kam der Schlitten direkt vor meiner Nase zum Stehen und schwebte eine Handbreit über der Schneedecke.

»Amelia! Wo warst du denn?«

»Tut mir leid«, sagte ich. »Ich dachte, ich würde nicht nach Wichtelgrund gehören. Ich dachte, ich mache alles nur noch schlimmer. Ich dachte, du und Mary, ihr wärt ohne mich besser dran. Ich wollte zurück nach Hause gehen.«

»Aber Amelia, wir sind dein Zuhause. Mary, ich und das Haus in der Rentierstraße. Da gehörst du hin.«

Und es fühlte sich so wunderschön an, als er das sagte, dass ich einfach in den Schlitten stieg, den Kopf an seine warme Schulter legte, mich von Pippin verabschiedete und kein Wort über Väterchen Wodol oder meinen Plan verlor.

Ein Abkommen mit der Wahrheitselfe

Fürsorglich brachte mich der Weihnachtsmann nach Hause. Ich ging ins Bett und schlief. Ich wachte auf und frühstückte. Ich tat so, als täte es mir schrecklich leid, dass ich mich davongeschlichen hatte, und dann, als Nikolas und Mary zur Spielzeugwerkstatt gingen, schlich ich mich wieder davon. Doch diesmal wusste ich genau, was ich tat. Und mein erster Halt war die Wahrheitselfe.

»Also. Damit wir uns ganz klar verstehen, weil heute Heiligabend ist«, sagte die Wahrheitselfe. »Ich kriege die Hälfte des Geldes, und du machst die ganze Arbeit?«

Die Elfe, die mit verschränkten Armen und ihrer Maus in der Tasche an ihrer Tür lehnte, war hart im Verhandeln, aber ich brauchte sie.

Es hatte keinen Sinn, ein Geheimnis bloß aufzudecken. Was auch immer ich herausfand, Wodol konnte einfach behaupten, es wäre gelogen. Nusch hatte sich klar ausgedrückt – ich musste alles belegen können. Und was gab es für einen besseren Beweis, als die Wahrheitselfe als Zeugin zu haben?

»Ja«, sagte ich. »Abgemacht.«

»Und du schreibst in der Zeitung über mich?«

»Auf jeden Fall.«

»Und der Weihnachtsmann wird den Artikel lesen?«

»Das wird er. Der Artikel wird mein Weihnachtsgeschenk für ihn.«

»Und du gehst als Erste rein? Ins Loch?«

»Wenn es sein muss.«

Die Wahrheitselfe nickte und streckte mir die Hand hin. »Abgemacht, Rundohr.«

Im Stollen

Eine Stunde später standen wir vor dem Loch. Es war dunkel, aber tief war es nicht. Als ich drinstand, ragte mein Kopf immer noch aus dem Boden. *Hmmm*, dachte ich. *Vielleicht gibt es hier doch keine wirklich weltbewegende Geschichte.* Aber als ich mich bückte, stellte ich fest, dass es nicht einfach ein Loch war. Es war eher so etwas wie ein Sieb. Ein Loch mit vielen Löchern.

»Hier unten gibt es noch mehr Löcher«, berichtete ich der Wahrheitselfe. »Sieben kleinere Löcher, die in alle Richtungen führen. So eine Art Tunnel.«

Ich sah in jedes der sieben Löcher hinein. Eins war dunkler und geheimnisvoller als das andere. Es ließ sich nicht sagen, welches Loch irgendwohin führte. Vielleicht alle. Vielleicht keines.

Die Wahrheitselfe spähte von oben über den Rand. »Ach herrje, ich sehe schon, diese Löcher sind viel zu klein für dich. Da hast du deine Geschichte. ›Löcher in Wald entdeckt. Gemerkt, dass sie zu klein sind. Nach Hause gegangen.‹«

»Ich passe sehr wohl da rein. Und du auch.«

»Niemals! Die sind viel zu klein für so einen Riesentrampel wie dich. Die sind sogar für mich zu klein. Eine Maus würde vielleicht gerade so hineingehen, aber ich habe Maarta leider zu Hause gelassen, also ...«

»Ich war früher Schornsteinfegerin. Manche Schornsteine waren viel enger als diese Löcher. Komm, wir nehmen das hier – es führt nach Osten, in Richtung Wichtelgrund.«

»Ich weiß nicht ...«, sagte die Wahrheitselfe nervös.

Ich sah sie fest an. »Wenn der Weihnachtsmann hört, dass du mir geholfen hast, wird er sehr beeindruckt sein.«

»Wirklich?«

»Ja, wirklich.«

Also folgte sie mir in das Loch. Wir krochen eine Ewigkeit auf Händen und Knien durch einen dunklen Stollen, bis alles Licht hinter uns verschwand und die Finsternis undurchdringlich wurde. Der Stollen war sehr eng, besonders für mich, aber nach kurzer Zeit hatte ich einen Rhythmus gefunden und robbte auf den Ellbogen ziemlich schnell voran.

Dann gabelte sich der Stollen. Wir mussten entscheiden, ob wir nach rechts oder nach links wollten.

Der linke Tunnel schien ein kleines bisschen größer zu sein als der rechte, also nahmen wir den linken.

»Die Unwahrscheinlichkeit, nicht lebendig begraben zu werden, ist auf dieser Seite geringfügig kleiner«, sagte die Wahrheitselfe hilfreich.

Dann kam noch eine Gabelung. Wir nahmen den rechten Gang. Und dann den linken. An einer Art Tunnelkreuzung krochen wir weiter geradeaus. Dann wieder links. Und wieder rechts.

Die Wahrheitselfe seufzte. »Sieht aus, als hätten wir uns hoffnungslos verirrt. Womit die Wahrscheinlichkeit, hier unten zu sterben, dramatisch gestiegen ist.«

»Musst du solche Sachen sagen?«

»Es ist die Wahrheit.«

»Du kannst doch auch nichts sagen, oder? Wenn du nichts sagst, lügst du nicht.«

»Ich rede immer, wenn ich nervös bin. Das erinnert mich daran, dass ich noch lebe.«

Ich hatte noch nie eine Finsternis erlebt wie die Finsternis hier unten. Die Leute denken, in einem Schornsteinschacht wäre es dunkel, aber in Schornsteinen ist es nie *ganz* finster. Von oben oder von unten kommt immer ein Lichtschimmer, und wenn du eine

Weile in einem Schornstein bist, gewöhnen sich deine Augen daran. Wenn du die Hand vors Gesicht hältst, kannst du deine Finger zählen. Aber hier unten in der Höhle sah ich die Hände vor Augen nicht. Ich sah überhaupt gar nichts.

»Wie ist es eigentlich so«, meldete sich die Wahrheitselfe von hinten, »mit dem Weihnachtsmann in einem Haus zu leben?«

»Na ja, es ist nicht ganz einfach für mich in Wichtelgrund, weil ich ...«

»Du und Wichtelgrund interessiert mich nicht. Wie ist *er*? Was macht er so den ganzen Tag? Ich meine, wenn er zu Hause ist?«

»Ach so. Äh, na ja, er isst viel. Und er kocht.«

»Singt er?«

»Manchmal. Manchmal singt er.«

»Was singt er denn?«

»Weihnachtslieder.«

»So vorhersehbar – aber so süß ... Hat er je etwas über mich gesagt?«

Ich konnte mich nicht erinnern. Aber ich war auch keine Wahrheitselfe, also durfte ich diplomatisch sein. »Ich weiß nicht. Vielleicht. Doch, ich glaube, er denkt oft an dich.«

»Was sagt er denn?«

»Na ja, Dinge wie: ›Ich mag die Wahrheitselfe sehr. Pixie ist eine tolle Elfe. Hohoho.‹«

»*Hohoho*? Wieso sagt er das?«

»Das sagt er immer. So lacht er. Die meisten Menschen lachen ›hahaha‹ oder ›hihihi‹. Aber der Weihnachtsmann lacht ›hohoho‹. Es ist eine rundere Form des Lachens.«

»Er lacht also über mich.«

»Nein, er lacht, wenn er glücklich ist, und das ist er meistens.«

»Was für ein komischer Vogel«, sagte die Wahrheitselfe verträumt. »Ein großer, runder, lachender, unglaublich süßer, nach Lebkuchen duftender komischer Vogel.«

Wir robbten und robbten und robbten. Nach langer Zeit (vielleicht einer Stunde, es war schwer zu sagen) mündete der Tunnel in einen anderen Tunnel. Der größer war. Und heller! Er wurde von kleinen schimmernden Würmern erleuchtet. Von Zauberwürmern. Von bunten Zauberwürmern. In Gelb. In Grün. In Indigo.

»Buntwürmer«, stellte Pixie fest. »Das ist seltsam.«

»Wieso?«

»Weil Buntwürmer eigentlich keine Erdwürmer sind. Buntwürmer sind Baumwürmer. Man findet sie in Bäumen und in Büchern. Bücher und Bäume, das ist praktisch dasselbe. Meine Tante sagte immer, Bücher sind Bäume, die träumen. Sie war eine Traumelfe, keine Wahrheitselfe, und Traumelfen sagen zwar öfter die Wahrheit als Lügenelfen, aber sie halten es mehr mit der Schönheit als mit der Wahrheit. Meine Tante zum Beispiel sagte immer, der Mond stehe allein am Himmel, weil er sich mit der Sonne gestritten habe. Er sei deshalb oft traurig, und wenn er traurig sei, werde er kleiner und kleiner. Wenn man ihn nur als Sichel sehe, sei der Mond sehr traurig, und wenn man ihn überhaupt nicht sehe, habe er sich vor lauter Gram aufgelöst. Dann schneit es, sagte sie. Schneeflocken entstehen, wenn der Mond sich auflöst. Na, was ich eigentlich sagen wollte: Unter der Erde gibt es keine Buntwürmer. Jedenfalls nicht von Natur aus.«

»Aber wie kommen sie dann hierher?«

Noch bevor ich es ganz ausgesprochen hatte, kam ich selbst darauf. Die Elfe flüsterte: »Jemand hat sie hierhergebracht! Damit sie die Tunnel erleuchten.«

»Aber wer?«

»Die Leute, die die Tunnel gebaut haben.«

Wir erreichten eine weitere Gabelung und mussten uns wieder für eine Richtung entscheiden.

»Nehmen wir den helleren«, schlug ich vor. »Der ist auch etwas breiter.«

»Auf keinen Fall«, sagte die Wahrheitselfe. »Da sind bestimmt die, die den Tunnel gebaut haben.«

»Eben. Da wollen wir ja hin. Wir wollen doch herausfinden, wer dahintersteckt. Das ist unsere Story. Hier lang. Keine Müdigkeit vorschützen.«

Widerstrebend folgte sie mir. Wir krabbelten weiter und mussten aufpassen, dass wir die Buntwürmer nicht zerdrückten, die uns den Weg erleuchteten.

Und dann entdeckte ich etwas. Einen Fußabdruck. Nein. Einen Pfotenabdruck. Ich starrte ihn an. Ein ovaler Fleck mit vier kleineren Flecken vorn – den Zehen. Und daneben noch einer.

Die Wahrheitselfe quetschte sich neben mich und starrte die Fährte an. Dann zeigte sie auf weitere Spuren vor uns.

»Oha«, sagte sie. »Das sind Kaninchen.«

»Kaninchen? Aus dem Land der Höhlen und Hügel?«

»Ja. Aber das Land der Höhlen und Hügel ist zweihundert Meilen weit weg von hier. Also müssen diese Tunnel zweihundert Meilen lang sein.«

»Oder ...«, dachte ich laut, »die Kaninchen sind oberirdisch hergekommen und haben in den Waldigen Hügeln ein neues Loch gegraben.«

»Vielleicht. Oder es gibt noch mehr Löcher. Oder es sind gar keine normalen Löcher. Vielleicht ist es eine

Belüftungsanlage. Oder es ist eine Falle. Vielleicht sind wir bald Kaninchenfrühstück.«

»Vielleicht könntest du nicht alles so negativ sehen.«

»Ich bin eine Wahrheitselfe. Ich muss jede Möglichkeit wahrheitsgemäß in Betracht ziehen. Ich kann nicht einfach den Kopf in den Sand stecken. Außer ich werde von Kaninchen begraben. Außer ...« Sie brach ab. Im regenbogenfarbenen Schein der um uns herumglitschenden Würmer sah ich ihr Gesicht. Die Elfe runzelte die Stirn und konzentrierte sich. Die Spitzen ihrer Ohren zuckten.

»Oha.«

»Was ist denn?«

»Hörst du es nicht?«

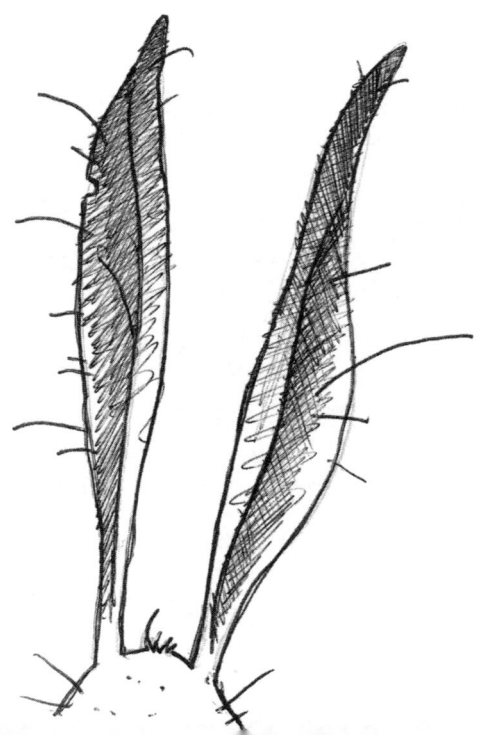

»Was soll ich hören?«

Dann hörte ich es.

Irgendwo vor uns. Erst leise, aber dann wurde es lauter.

Keine Stimmen. Eine Art Rascheln. Eine Art Flattern.

»Wir müssen hier weg«, sagte die Wahrheitselfe. »Wir müssen hier GANZ SCHNELL GANZ WEIT GANZ DOLL WEG.«

Aber wir konnten nicht weglaufen. Dieser Tunnel war nicht zum Rennen, sondern zum Kriechen gemacht. Außerdem war es ohnehin zu spät.

Etwas kam auf uns zu.

»Vögel!«, schrie ich. »Runter!«

Die Wahrheitselfe hatte nicht nur spitzere Ohren als ich, sie hatte auch schärfere Augen. »Das sind keine Vögel.«

Sie hatte recht – wie immer. Schließlich war sie die Wahrheitselfe. Wir legten uns flach auf den Tunnelboden, während Tausende von fliegenden Dingern über uns hinwegflatterten.

Papier. Sie waren aus Papier.

Ich dachte an die Zeitungen, die in die Hände der Wichtel geflogen waren. Und ich dachte an das, was der Fliegende Flunker-Elf mit seiner seidenweichen Stimme gesagt hatte, als ich das Loch entdeckt hatte.

Es war einmal ein Papiervogel … der flog aus einem Loch ins Licht.

Ich bekam eins der Dinger zu fassen und erkannte auf der Titelseite mein eigenes Gesicht. Direkt unter dem Schriftzug *DER WAHRE SCHNEE*. Aber da war nicht nur mein Gesicht. Da war auch ein Bild von Nikolas und Mary. Die Schlagzeile lautete: »MENSCHEN RAUS!«

Als die Wahrheitselfe die Zeitung sah, machte sie ein zorniges Gesicht. Sie überflog den Artikel. »Alles Lügen! Der Weihnachtsmann hasst die Wichtel nicht! Er plant auch nicht heimlich die feindliche Übernahme von Wichtelgrund durch die Menschen! Und er hat keine Million Schokoladentaler in seiner Villa versteckt!«

»Nein, schön wär's«, sagte ich.

Die Zeitung versuchte sich flatternd aus meiner Hand zu befreien, und ich ließ sie los. Sofort schloss sie sich wieder den anderen an, die vermutlich auf dem Weg nach Wichtelgrund waren.

Wir krabbelten weiter. Im Tunnel wurde es heller und bunter, weil an den Tunnelwänden immer mehr Buntwürmer wimmelten. Außerdem war der Gang inzwischen breit genug, dass wir nebeneinander kriechen konnten.

»Wodol muss seine Zeitung hier unten drucken«, sagte ich. »Der Weihnachtsmann hat sich schon gefragt, wo er die Zeitung macht, seit er den *Tagesschnee* nicht mehr betreten darf. Hier müssen das Büro und die Druckerei sein.«

»Aber Wodol ist kein Kaninchen«, wandte die Elfe ein. »Und wir haben Kaninchenpfotenabdrücke gesehen, keine Wichtelpfotenabdrücke. Wichtel haben nämlich keine Pfoten.«

»Das ist wahr.«

»Natürlich ist es wahr. Außerdem sind Kaninchenhöhlen nicht groß genug für eine Druckerpresse, und auch nicht für das Redaktionsbüro. Es sei denn ...«

»Es sei denn was?«

Wieder zuckten ihre Elfenohren.

»Was ist jetzt?«, fragte ich.

»Stimmen. Hör doch ...«

Ich lauschte, aber ich hörte überhaupt nichts. Dafür *roch* ich etwas.

Es roch ziemlich gut.

Nach *Schokolade!*

»Die Stimmen kommen von dort.« Die Elfe zeigte nach rechts. Von dort kam auch der Schokoladenduft.

»Was sind das für Stimmen?«, fragte ich.

»Keine Ahnung. Ehrlich gesagt will ich es gar nicht wissen. Ich will hier raus.«

»Wir müssen zusammenbleiben«, gab ich zurück. »Hör zu, hier ist irgendwas faul. Oberfaul. Kaninchen, fliegende Zeitungen, unterirdische Tunnel. Der Schokoladengeruch. Da stimmt doch was nicht. Was ist, wenn der Weihnachtsmann in Gefahr ist? Willst du weglaufen, statt ihm zu helfen? Oder willst du seine Heldin sein?«

Die Wahrheitselfe, immer noch auf allen vieren, verzog gepeinigt das Gesicht. »Ja, ich will ihm helfen. Ich will seine Heldin sein. Ich will, dass er von mir träumt, so wie ich von ihm träume. Ich will, dass er sagt: ›Pixie, ich weiß nicht, was ich ohne dich gemacht hätte.‹« Dann starrte sie mich ärgerlich an. »Und jetzt bitte keine Fragen mehr. Wenn ich eine Frage höre, muss ich sie beantworten. Ich kann keine Frage unbeantwortet lassen. Es ist mir körperlich unmöglich. Ich muss immer die Wahrheit sagen. Und zwar laut. Es ist schrecklich.«

»Die Wahrheit ist nie schrecklich.«

»Die Wahrheit kann *immer* schrecklich sein«, entgegnete die Wahrheitselfe. »Ich muss es wissen.«

Ich folgte dem Schokoladengeruch, und widerwillig folgte sie mir. Kurze Zeit später hörte ich die Stimmen auch. Nach ungefähr fünf Minuten erreichten wir eine Öffnung. Allerdings führte die Öffnung nicht nach oben. Sie führte nach unten. Tief unter uns sahen wir ein Schimmern. Hier endete der Tunnel – das heißt, er fiel steil ab in einen riesigen Saal, einen unterirdischen Versammlungsraum, eine gewaltige *Höhle*.

Und dort waren die Kaninchen.

Hunderte und Aberhunderte von Kaninchen. Tausende. Eine ganze Armee.

Nur dass es keine gewöhnlichen Kaninchen waren, wie man sie in Kaninchenställen findet. Nein, diese Kaninchen waren so groß wie Hunde. Manche waren so groß wie Elfen. Manche waren sogar so groß wie Wichtel. Und sie standen auf den Hinterbeinen in einer riesigen unterirdischen Halle, die nicht nur von Buntwürmern, sondern von ringsum brennenden Laternen erleuchtet wurde. Außerdem trugen die Kaninchen Kleider. Uniformen. Zerschlissene Kampfanzüge. Blau-weiße Jacken mit Goldknöpfen. Viele von ihnen – die ganz vorne standen, Generäle vielleicht – hatten schwarze Hüte auf dem Kopf. Zweispitze, wie Napoleon. Manche hatten goldene Medaillen an die Brust geheftet.

In der Mitte des Saals stand ein riesiger Kupferkessel, der aussah wie ein gigantischer Suppentopf.

Die Kaninchen hatten uns den Rücken zugekehrt. Sie starrten alle zu einem Podium aus festgeklopfter Erde, wo ein schmächtiger Bursche auf und ab marschierte. Er war kleiner als die anderen und trug einen hohen Hut und eine rote Jacke. Seine Ohren waren sehr lang. Das eine stand kerzengerade in die Höhe, das andere war abgeknickt. Er stolzierte über das Podium und redete so laut und deutlich, wie seine großen Hasenzähne es ihm erlaubten.

Ich robbte ein Stück vor und spähte hinunter.

»Was machst du da?«, flüsterte die Wahrheitselfe kaum lauter als ein Windhauch.

»Ich beobachte«, flüsterte ich zurück. »Das ist die Geschichte, die wir suchen.«

Die Wahrheitselfe verdrehte die Augen, aber sie

blieb bei mir, drückte sich ebenfalls an den Boden und half mir beim Lauschen, während unsere Herzen so laut klopften, dass ich fürchtete, sie würden uns verraten.

»O nein«, wisperte die Wahrheitselfe. »Ich weiß, wer der Typ ist.«

»Wer?«

»Das ist der Osterhase!«

Der Osterhase

Tief unter uns hoppelte der Osterhase auf der Bühne auf und ab und machte ein – für ein Langohr – sehr ernstes, sehr schlecht gelauntes Gesicht.

»Seht uns an«, rief der Osterhase der Menge zu. »Seht uns an, wie wir hier stehen. Generäle. Soldaten. Genies. Künstler. Verborgen im Untergrund. Unsichtbare Kaninchen. Versteckt vor der Sonne und dem Licht der Welt. Wir bilden schon viel zu lange die Unterschicht.«

»Viel zu lange«, murmelte die Menge zustimmend. »Viel zu lange!«

»Und seht, was wir erschaffen haben. Seht, wozu wir fähig sind. Wir sind Genies! Seht euch diesen Bau an. Wo wir hingehen, erschaffen wir riesige Stollen-Netzwerke!« Er zeigte auf den Kupferkessel in der Mitte des Saals. »Wir haben es geschafft, dieses Ding hier reinzubekommen! Wir haben die Trolle in der Schlacht der Unterirdischen Höhle geschlagen!«

»Genau!«, riefen die Kaninchen.

»Aber was viel wichtiger ist, wir sind *Künstler*. Die Wichtel da oben mögen gute Handwerker sein – sie basteln Spielzeug, Schlitten, solches Zeug. Doch was *wir* machen, ist *Kunst*. Die raffinierten Verzweigungen unserer Tunnel! Der Wohlklang unserer Musik! Unsere Kunstfertigkeit! Wenn ich an meine arme verblichene Mutter denke und ihre unglaublichen Schokoladeneierskulpturen ... Unsere Seelen sind voller Poesie. Und Fantasie. Aber wir sind auch Krieger! Und wir wissen, wofür wir kämpfen. Wieder einmal werden wir bedroht. Die Wichtel haben sich mit den Menschen verbündet. Sie verehren einen neuen Helden – einen dicken, weißhaarigen, schlechtgekleideten Menschen, der sich Weihnachtsmann nennt. Und er war nur die Vorhut. Inzwischen treffen immer mehr Menschen ein, und sie haben zweifellos vor, die Magischen Lande an sich zu reißen. Aber wir lassen uns nicht wieder vertreiben. Niemals. Wir sind *Kaninchen*! Und nicht irgendwelche Kaninchen! Wir sind die Kaninchen aus dem Land der Höhlen und Hügel! Und das Maß ist voll!«

»Das Maß ist voll!«, riefen die Kaninchen.

Der Osterhase lachte. Es war das verrückteste Lachen, das ich je gehört hatte. Er warf den Kopf in den Nacken und heulte beinahe. Wie ein Kaninchen, das einen Wolf nachahmt. Und dann – mittendrin – wurde das Lachen plötzlich heiser und traurig und brach ab.

Der Osterhase schaute sich in der großen Höhle um. Dann sah er nach oben. Einen schrecklichen Augenblick lang dachte ich, er hätte uns entdeckt, aber er sagte nur: »Und nun möchte ich euch jemanden vorstellen. Einen ganz besonderen Gast. Er ist ein Wichtel, aber darüber müsst ihr hinwegsehen.«

Die Kaninchen schnappten nach Luft und redeten alle durcheinander.

»Schluss jetzt!«, rief der Osterhase. »Einen großen Applaus für den einzigen Wichtel, dem ihr trauen könnt ... den Wichtel, der beim Bau dieser Stollen Seite an Seite mit uns gearbeitet hat ... für ... Väterchen Wodol!«

Also stimmte es. Wodol steckte hinter der ganzen Sache. Die Wahrheitselfe und ich hielten die Luft an, als der schwarzbärtige Wichtel auf die Bühne gestiefelt kam.

»Danke, Osterhase«, sagte Wodol lächelnd. »Danke euch allen, Kaninchen. Danke, dass ich die Höhle nebenan benutzen darf. Sie ist nicht so gut ausgestattet wie unsere alte Zeitungsredaktion, aber sie erfüllt ihren Zweck. Zusammen werden wir es schaffen, den Weihnachtsmann auszuschalten. Das ist unser gemeinsames Ziel. Ich will verhindern, dass er die Wichtel weiterhin seiner Gehirnwäsche unterzieht, und ihr wollt verhindern, dass ihr in Todesangst vor den Menschen leben müsst. Das bedeutet, wir müssen Weihnachten abschaffen! Wir müssen den *Weihnachtsmann* abschaffen!«

Die Menge jubelte.

»Und dieses Ziel erreichen wir, indem wir ganz Wichtelgrund zeigen, dass Kaninchen und Wichtel

natürliche Freunde sind – egal, was früher einmal war. Während die Menschen das Gegenteil davon sind. Wir müssen den Wichteln zeigen, dass *wir* auf der Seite der Wahrheit stehen. Und das zeigen wir ihnen am besten, indem wir lügen.«

Die Wahrheitselfe keuchte schockiert auf. Die Kaninchen sahen verwirrt drein.

Wodol fuhr fort: »Direkt über uns befindet sich die Schokoladenbank. Und in der Bank befindet sich … *sehr* viel Schokolade.«

Von dort also kam der köstliche Duft.

»Es ist die beste Schokolade der Welt. Und sie soll euch gehören. Euch! Wir schmelzen die Schokolade und füllen sie in euren Kessel, und dann könnt ihr die wundervollsten Eierskulpturen daraus machen, die je irgendwer gekostet hat. Dieses Jahr werden die Menschenkinder keine Schokoladentaler in ihren Strümpfen finden. Dieses Jahr werden die Wichtel nicht für

ihre harte Arbeit in der Werkstatt bezahlt. Und dann werden sie zornig werden, und einen Schuldigen suchen ...«

Der Osterhase nickte eifrig, und sein abgeknicktes Ohr ging vor Begeisterung auf halbmast. Er legte dem Wichtel die Pfote auf den Rücken. »Und sie werden einen finden, nicht wahr, Wodol? Sag's ihnen. Sag's ihnen.«

»Den Weihnachtsmann!«, sagte Wodol. »Sie werden den Weihnachtsmann für den Bankräuber halten.«

Vor lauter Aufregung biss sich der Osterhase in die Hasenpfote. »Seht ihr! Ich hab's euch versprochen! Ostern kehrt zurück. Und Weihnachten wird wieder das, was es früher war: ein trübseliger, grauer, kalter Wintertag. Ostern – wenn die Häschen aus ihren Löchern ans strahlende Sonnenlicht hüpfen – wird wieder die Zeit sein, die die Leute am meisten lieben. Entschuldige, Wodol ... bitte, sprich weiter.«

Wodol räusperte sich. »Der *Wahre Schnee* wird über den heimtückischen Bankraub berichten, und jeder Wichtel wird darüber lesen.« Der Osterhase lauschte nickend, und seine Augen wurden vor Spannung groß wie Untertassen. »Aber das ist noch nicht alles. Es gibt sogar ein Motiv. Der Weihnachtsmann braucht dringend Geld, das wissen alle, dank einer gewissen Zeitung, die aus Kaninchenlöchern geflogen kommt. Er will den Schlitten bezahlen, den das schreckliche Menschenkind zerstört hat. Damit fällt der Bankraub-Verdacht automatisch auf ihn. Denn niemand anders in Wichtelgrund hat so ein überzeugendes Motiv. Mein Plan ist perfekt. Der Weihnachtsmann wandert hinter Gitter, ich werde wieder über Wichtelgrund herrschen, und ihr Kaninchen dürft dort ein und aus gehen und leben, wie es euch gefällt.«

»Er ist böse«, wisperte die Wahrheitselfe, »und die Kaninchen merken es nicht.«

Sie hatte recht. Die Kaninchen jubelten. Dann stellte sich der Osterhase vorn an die Bühne.

»Danke, Väterchen Wodol«, sagte er und umklammerte den Anhänger, den er an einer langen Kette um den Hals trug. »Es ist Zeit, dass Weihnachten in Vergessenheit gerät. Wir machen Ostern wieder groß! ... Ich will euch eine Frage stellen, Kameraden ...«

»O nein!«, flüsterte die Wahrheitselfe. »Keine Frage. Bitte keine Frage. Keine Frage ...« Hastig hielt sie sich die Ohren zu. Ich wusste, was los war. Die Wahrheitselfe musste alle Fragen wahrheitsgemäß beantworten, und zwar laut und deutlich. Sie hatte keine Wahl. Sie war eben die Wahrheitselfe. Also half ich ihr beim Ohrenzuhalten – oder besser, ich hielt ihre Hände zu, mit denen sie sich die Ohren zuhielt – und hoffte, dass sie die Frage des Osterhasen nicht hörte.

Aber der Osterhase erhob die Stimme, und die Frage schallte durch die ganze Höhle. »Sagt die Wahrheit. Was haltet *ihr* vom Weihnachtsmann?«

Ich sah an ihren Augen, dass die Pixie die Frage gehört hatte. Ihre spitzen Elfenohren waren schließlich selbst für leiseste Töne gemacht.

Es wurde totenstill im Bau. Kein einziges Kaninchen sprach, aber alle spitzten die Ohren, wer als Erster antworten würde.

»Irgendwer? Kommt schon, Kameraden, nur nicht schüchtern. Beantwortet die Frage. Wie findet ihr den Weihnachtsmann?«

Die Wahrheitselfe krümmte sich, versuchte die Luft anzuhalten und wurde dunkelrot im Gesicht. Verzweifelt hielt sie sich den Mund zu, aber irgendwann konnte sie nicht mehr. Sie riss die Hände herunter und schrie aus Leibeskräften, so dass die Kaninchen, der Osterhase und Wodol sie laut und deutlich hören konnten:

»*Ich finde den Weihnachtsmann wundervoll!*«

Die ganze Versammlung schnappte nach Luft. Alle sahen sich um und suchten nach der Quelle des Einrufs.

»Wer war das?«, wollte der Osterhase wissen.

Wieder hielt sich die Wahrheitselfe verzweifelt den Mund zu, aber es nützte nichts, ihre Hände gehorchten ihr einfach nicht, selbst als ich mithalf. Es war, als versuchte man, die gleichen Pole zweier sehr starker Magneten zusammenzudrücken.

»*Ich war das!*«, schrie Pixie unfreiwillig. »*Ich, die Wahrheitselfe!*«

»Ha!«, sagte Wodol. »Die Wahrheitselfe! Die kenne ich. Frag, was du willst. Sie muss die Wahrheit sagen.«

»Wo bist du?«, fragte der Osterhase. »Mit wem bist du hier? Was machst du hier?«

»Pssst!«, sagte ich zur Elfe.

Aber es half natürlich nichts.

»Wir sind hier oben! Ich bin mit Amelia hier, dem Menschenkind! Wir spionieren euch aus! Und jetzt rennen wir weg!«

Der Osterhase sah herauf und entdeckte uns. »Da oben! Da sind sie! Verräter! Kaninchen, fangt sie ein! Bringt sie zu mir!«

Wir versuchten, rückwärts durch den Tunnel zu kriechen, so schnell wir konnten.

»Tut mir leid!«, quietschte die Wahrheitselfe.

»Du kannst nichts dafür«, sagte ich.

»Ich hasse es, wenn mir so was passiert!«

Wir bogen nach rechts in einen anderen Tunnel ab, der ziemlich dunkel und groß genug zum Rennen war. Dann hörten wir etwas. Ein Grollen, das lauter wurde, bis der Boden bebte und Erde von der Decke rieselte. Der Ansturm einer gewaltigen Kaninchenarmee.

»Lauf!«, rief die Wahrheitselfe. »Lauf! *Lauf!*«

Aber es war hoffnungslos. Wir hatten keine Ahnung, wo es langging. Die Kaninchen kannten sich in ihren Stollen viel besser aus als wir.

»O nein!«, sagte ich, als vor uns in der Dunkelheit Schatten auftauchten. »Zurück! Wir müssen umkehren!«

Doch auch aus der anderen Richtung rückten Kaninchenschatten an. Laufend, springend, auf allen vieren. Jetzt konnten wir das vorderste Kaninchen erkennen, das uns schon fast erreicht hatte. Es war eine Dame in einer zerschlissenen grünen Armeejacke mit Medaillen an der Brust und einer Augenklappe. Außerdem hatte sie ein riesiges Schmetterlingsnetz dabei.

Eine Sekunde später waren wir gefangen. In dem Netz. Und wurden weggeschleppt.

»Gute Arbeit, 382!«, sagte ein anderes Kaninchen zu unserer Fängerin.

»Wir müssen raus hier!«, sagte ich und zerrte an dem

Netz, während wir zurück durch den Tunnel gezogen wurden.

»Wir kommen hier nicht raus«, flüsterte die Wahrheitselfe. »Ausgeschlossen.«

Und wie immer hatte sie recht.

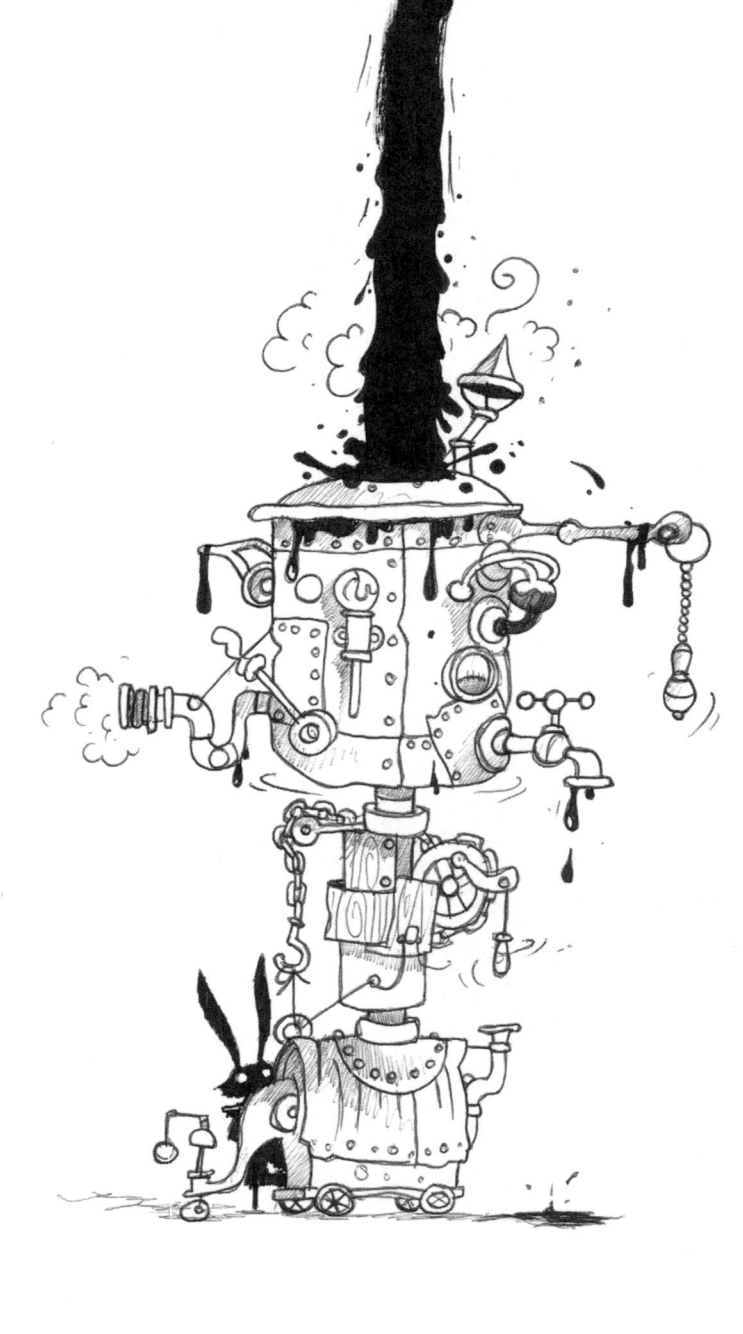

Das Leben lieben

Als sie uns in die große unterirdische Halle brachten, nahm das Unheil bereits seinen Lauf.

Aus einem Loch in der Decke ergoss sich wie ein Wasserfall ein breiter Strom Schokolade in den Kupferkessel.

Bestürzt sahen wir zu, während Nummer 382 und ein weiteres Kaninchen uns festhielten, beide mit Messern im Gürtel. »Seht ihr?«, sagte der Osterhase. »Seht ihr? Da oben? Das Loch, aus dem die Schokolade kommt? Es führt eine Meile nach oben. So tief sind wir unter der Erde. *Wir* haben das Loch gebaut. Wisst ihr eigentlich, wie schwer es ist, einen Tunnel zu graben, der *senkrecht* nach oben führt? Ohne Boden?«

»Nein«, sagte die Wahrheitselfe genervt. »Ich weiß es nicht. Ich schätze, es ist ziemlich schwer.«

»Ja, sehr schwer. Aber meine Kaninchen sind die Besten der Besten. Man könnte sogar sagen, die Besten der Besten der Besten. Ich würde nicht so weit gehen, sie die Besten der Besten der Besten der Besten zu nennen, aber sie sind wirklich sehr, sehr, sehr gut. Und das ist ihr Werk.«

»Damit kommt ihr niemals durch!«, rief ich.

Jetzt trat Wodol vor. »Oh, und ob. Vor allem, da du es uns jetzt viel leichter gemacht hast.«

Ich starrte auf die flauschigen Pfoten, die mich festhielten. »Was soll das heißen?«

Der Osterhase musterte mich – wahrscheinlich sah er die Angst und die Abscheu in meinem Gesicht, denn genau das fühlte ich. Angst. Und Abscheu.

»Was hat man dir über mich erzählt?«, fragte er. Ich hatte das Gefühl, dass er die Frage persönlich meinte und dass er die Antwort wirklich hören wollte. Und obwohl ich keine Wahrheitselfe war, sagte ich die Wahrheit. Ich hatte schließlich nichts zu verlieren.

»Ich weiß, dass du und deine Armee die Wichtel aus dem Land der Höhlen und Hügel vertrieben habt. Ich weiß, dass ihr unzählige Wichtel auf dem Gewissen habt. Ich weiß, dass ihr immer unter der Erde gelebt habt, und dann wolltet ihr eines Tages nach oben. Ich weiß, dass ihr den Frieden kaputtgemacht habt.«

»Du kannst auch den Mund halten, weißt du?«, flüsterte die Wahrheitselfe. »Du bist ja nicht ich.«

Der Osterhase starrte mich an. Dann sah er Nummer 382 mit der Augenklappe an, die uns eingefangen hatte.

»Hörst du das, 382? Hörst du, was für Lügen sie verbreiten? Sogar die Wahrheit haben sie unter die Erde verbannt ...« Der Osterhase kam ganz dicht an mich heran. Seine Barthaare zuckten und rollten sich ein. Es war schwer zu sagen, was in ihm vorging. Erst dachte ich, er wäre wütend, aber in seinen Augen sah ich nur Traurigkeit. Dunkle, abgrundtiefe Traurigkeit. »Es war genau *umgekehrt*. Wir sind jedes Jahr aus unseren Löchern gekommen, sobald das Wetter wärmer wurde. Meistens um die Osterzeit. Wir wollten mit den Wichteln in Frieden leben. Wir haben schon in Wichtelgrund gelebt, bevor es Wichtelgrund hieß. Es waren die *Wichtel*, die *uns* vertrieben haben. Ich wette, das hat dir keiner erzählt. Wir wurden verjagt. Dabei waren wir ganz liebe, friedliche Geschöpfe. Und das ist die wahre Geschichte.«

Die Wahrheitselfe seufzte. »Ich sage es nicht gern, aber ich glaube, er sagt die Wahrheit. Als Wahrheitselfe habe ich eine Antenne für Lügen, und ich bin mir ziemlich sicher, dass er nicht lügt.«

»Aber wenn ihr so liebe, friedliche Geschöpfe seid, warum tut ihr das? Warum nehmt ihr uns gefangen? Warum raubt ihr die Bank aus?«

Der Osterhase saugte an seinen Zähnen. »Das Wort ist *waren*. Wir *waren* liebe, friedliche Geschöpfe. Vergangenheit. Aber unsere liebe Friedlichkeit hat uns kein Glück gebracht. Wären wir liebfriedlich geblieben, wären wir nicht mehr hier. Keins von uns. Die Kaninchen mussten sich ändern. *Ich* musste sie ändern. Wir konnten nicht weitermachen wie bisher. Nicht, wenn wir überleben wollten.«

»Aber es ist immer besser, wenn man lieb und gut ist.«

»Ja, das dachte ich früher auch. Aber dann musste ich zusehen, wie meine eigenen Eltern in einem Kochtopf landeten. Die Trolle haben Eintopf aus ihnen gemacht! Lieb und gut wird überbewertet. Lebendig zu sein ist besser. Frei zu sein ist besser … und jetzt ist unsere Freiheit wieder in Gefahr. Der Weihnachtsmann holt immer mehr Menschen ins Wichtelreich. Und du weißt, was Menschen mit Kaninchen machen, oder? Sie fressen sie. So wie die Trolle meine Eltern gefressen haben.«

»Ich habe noch nie ein Kaninchen gegessen«, protestierte ich.

»Ich auch nicht«, sagte die Wahrheitselfe wahrheitsgemäß, während sie versuchte, sich aus dem Griff des großen, dicken, schlappohrigen Kaninchensoldaten zu befreien. »Wie die meisten Elfen bin ich Veganerin.«

Doch der Osterhase hörte gar nicht zu. Er schien in Erinnerungen versunken. Fast sah es aus, als wäre er den Tränen nah. Für einen Augenblick wirkte er weich und verletzlich – wie ein richtiges Häschen.

»Meine Eltern waren Bildhauer. Meine Mutter hat Skulpturen aus Schokolade gemacht. Sie war eine echte Künstlerin.« Er hielt seine Kette hoch. Daran hing ein funkelnder Glasstein, der aussah wie ein Diamant. Und darin war etwas eingeschlossen. Etwas Kleines. Nicht größer als ein Daumennagel. Braun. Eiförmig.

»Was glaubt ihr, was das ist?«, fragte er uns.

»Ein Hasenköttel?«, sagte die Wahrheitselfe. »Sieht jedenfalls so aus. Ein ziemlich großer.«

»Bitte verzeih ihr«, sagte ich. »Sie kann nicht anders.«

»Das ist ein Ei. Das letzte Geschenk meiner Mutter für mich. Ein perfektes, aus Schokolade modelliertes Ei. Sie sagte, es sei ein Symbol für das Leben – das Leben ist so zart und zerbrechlich wie ein Ei, aber wir sollten es trotzdem genießen – wie Schokolade. Dieses Schokoladenei soll uns daran erinnern, dass wir das Leben lieben sollen. Mama hat es für mich gemacht.« Er schniefte traurig. »Und ich trage es immer bei mir.«

»Es ist wunderschön«, sagte ich ehrlich. Ein vollkommenes Ei aus Schokolade.

»Früher war ich lieb und gut«, sagte er leise. »Alle fanden mich lieb. Das war schön ...«

Wodol, der neben ihm stand, klopfte ihm auf den Rücken, und der Osterhase zuckte zusammen. »Ja, ja, das bist du immer noch. Aber du darfst nicht zulassen, dass die Leute auf euch herumtrampeln. Ihr dürft euer Licht nicht unter den Scheffel stellen. Ihr müsst raus in die Welt, ans Tageslicht, und dafür sorgen, dass man euch fürchtet und respektiert. Es sei denn, du willst, dass die Kaninchen einfach zertreten werden.«

Der Osterhase richtete sich auf. »Du hast recht, Väterchen Wodol. Du hast recht.«

»Jetzt, wo wir das Menschenkind haben, ist unser Plan noch perfekter. Sie wird allen in Wichtelgrund sagen, dass der Weihnachtsmann – der liebe, gute, brave Weihnachtsmann – ihnen in Wahrheit all ihr Geld gestohlen hat.«

»Das würde ich niemals sagen. Außerdem würde mir niemand glauben.«

»O doch, das werden sie. Weißt du, wie oft der Weihnachtsmann diesen Monat auf der Bank war und versucht hat, sich Geld zu leihen? Geld für den Schlitten, den du kaputtgemacht hast? Falls es sich noch nicht herumgesprochen hat, werden es die Wichtel bald erfahren. In der heutigen Ausgabe des *Wahren Schnee* wird ausführlich darüber berichtet. Wir haben auch schon die Schlagzeile von morgen. Komm mit.« Er sah das Kaninchen an, das mich festhielt. »Ich will dem Menschen etwas zeigen. Du hast doch nichts dagegen, Osterhase, oder?«

»Kein bisschen. Ich komme auch mit.«

Sie führten mich weg von der Wahrheitselfe in einen benachbarten Höhlenraum.

Ich kochte vor Wut. Und ich kochte noch mehr, als ich das unterirdische Zeitungsbüro sah, mit allem Drum und Dran und sogar ein paar Wichteln, die ich vom Sehen kannte.

»Wurz! Komm her. Zeig uns den Entwurf der Weihnachtssonderausgabe.«

Und Wurz, der unförmige Wichtel in dem unförmigen Wams, der vor dem Haus des Weihnachtsmanns in der Menge gestanden hatte, kam und reichte ihm den Entwurf, der die Titelseite der Weihnachtsausgabe darstellte.

»Hier, Väterchen Wodol.«

Wodol zeigte sie mir. Ich sah nur die Schlagzeile in riesigen schwarzen Buchstaben.

»WEIHNACHTSMANN ist ein BANKRÄUBER«, las ich laut.

Und da kochte meine Wut über. »Das könnt ihr nicht machen!«

»Weißt du was, Wurz? Ich glaube, sie hat recht«,

sagte Väterchen Wodol. »Wir sollten die Schlagzeile ändern.«

Wurz sah ihn verdutzt an. »Wirklich?«

»Ja. Wir sollten sie in Anführungszeichen setzen. ›WEIHNACHTSMANN *ist ein* BANKRÄUBER‹ – *sagt das Menschenkind.*«

»Das würde ich niemals sagen.«

»Du hast es doch gerade eben gesagt. Und du wirst es wieder sagen.«

»Ganz ruhig«, sagte der Osterhase. »Denk bitte nicht, wir wären böse. Sieh es mal von unserer Warte. Man muss das Große und Ganze im Blick haben. Und jetzt hopp, hopp an die Arbeit. Ein paar meiner Kaninchen bringen dich hoch. Wodol kommt natürlich auch mit. Und dann wandert der Weihnachtsmann hinter Gitter.«

Wodols Mundwinkel ringelten sich wie Würmer. »Diesmal für immer.«

»Ich werde allen sagen, dass ihr lügt!«

Er zuckte nicht mal mit der Wimper. »O nein, das tust du nicht. Sonst würde deine kleine Elfenfreundin hier unten ein sehr, sehr schlimmes Ende nehmen.«

»Dann wäre sie nämlich sehr, sehr tot«, erklärte der Osterhase mit traurigen Augen.

Wodol blickte mich einen Moment lang an, und seine Haut schien im seltsamen Licht der Laternen zu glühen. »So. Auf geht's. Machen wir Schluss mit Weihnachten.«

Der Bankräuber

Oben auf der Hauptstraße herrschte Chaos. Die Wichtel drängten sich vor der Schokoladenbank, um zu hören, was Gulda ihnen zu sagen hatte.

»Wie es aussieht, wurden wir ausgeraubt«, erklärte sie, faltete die Hände und setzte ein kundenfreundliches Lächeln auf. »Der gesamte Schokoladenvorrat wurde aus dem Tresorraum entwendet. Was leider bedeutet, dass ich keinen Taler auszahlen kann.«

»Aber Weihnachten steht vor der Tür!«, rief ein Wichtel.

»Außerdem ist heute Zahltag! Wir müssen doch unser Geld bekommen!«, rief ein anderer.

Sie hatten uns noch nicht entdeckt. Wodol und ich waren allein. Der Osterhase war in Wodols Haus in der Ganz Ruhigen Straße geblieben. Einer der Kaninchentunnel führte nämlich von der unterirdischen Zeitungsredaktion direkt in Wodols winziges Wohnzimmer. Mit einer Leiter. Jedes Mal also, wenn Väterchen Wodol sein Haus betrat, war er in Wirklichkeit in seine nagelneue geheime Zeitungszentrale verschwunden.

Jetzt wartete der Osterhase dort, während wir um die Ecke zur Hauptstraße eilten. Wodol hatte eine Trillerpfeife dabei. Er hatte mir erklärt, wozu er sie dabeihatte: Sobald er einmal kräftig hineinblies, würde der Osterhase blitzschnell unten im Kaninchenbau verschwinden und Befehl geben, die arme Wahrheitselfe zu töten.

Wie sie die Wahrheitselfe umbringen würden, hatte Wodol mir nicht erklärt, er sagte nur: *mit Schokolade*. Vielleicht würden sie sie in der heißen Schokolade ertrinken lassen.

Doch eines war klar – sie meinten es ernst. Ein Pfiff, und mit der Wahrheitselfe war es aus.

»Bist du bereit?«, fragte Wodol.

»Nein«, sagte ich.

»Dein Pech.« Dann erhob er die Stimme. »Was ist hier los?«

Die Wichtel drehten sich um.

Pi war auch dabei. »Jemand hat die Bank ausgeraubt.«

»O nein!«, rief Wodol mit gespielter Überraschung. »Wer macht denn so was?« Dann schaute er mich an und nickte auffordernd. »Amelia! Du siehst aus, als wolltest du uns etwas sagen.«

»Wirklich?«

»Ja, wirklich.«

»Das glaube ich nicht.«

Jetzt starrten mich alle Wichtel an. Viele hielten die neueste Ausgabe des *Wahren Schnee* in der Hand. Auch Nusch stand in der Menge. Sie machte ein nachdenkliches Gesicht, als ahnte sie, dass hier irgendetwas nicht hasenrein war.

»Amelia, sag den Wichteln, was du gerade zu mir gesagt hast.« Wodol öffnete die Hand mit der Trillerpfeife. »Idealerweise innerhalb der nächsten fünf Sekunden.«

Er nahm die Pfeife zwischen Daumen und Zeigefinger und hob sie langsam zum Mund. In fünf Sekunden würde er pfeifen. In fünf Sekunden würde der Osterhase den Pfiff hören und in den Bau verschwinden. Und dann würde die Wahrheitselfe sterben. Ich musste um jeden Preis verhindern, dass Wodol pfiff.

»Vier ... drei ... zwei ... eins ...«

»Halt!«, rief ich, als er die Pfeife an die Lippen setzte. »Schon gut! Ich weiß, wer es war.«

»Wer?«, fragte Mütterchen Bria.

»Ja«, sagte Gulda, »du musst es uns sagen. Wer ist der Bankräuber? Wenn du sachdienliche Hinweise hast, musst du sie uns geben.«

Ich holte tief Luft und konnte selbst kaum glauben, was ich gleich sagen würde. »Es war der Weihnachtsmann!«

Ein Raunen ging durch die Menge.

Die Stimmen wurden lauter.

»Ich wusste es!«

»Er hat dringend Geld gebraucht.«

Nusch trat mit dem Kleinen Mim vor. Sie sah mich ungläubig an. »Das ist unmöglich. Das ist eine Lüge.«

Wieder ging ein Raunen durch die Menge.

Ich starrte die Pfeife an, die zwischen Väterchen Wodols Lippen hing. Irgendwie musste ich die Wichtel von der Lüge überzeugen. Das Leben der Wahrheitselfe hing davon ab.

»Doch, es stimmt. Leider ist es keine Lüge.«

»Aber das kann nicht sein«, protestierte Nusch. »Der Weihnachtsmann ist ein guter Mensch. Er hat sein ganzes Leben dafür gearbeitet, andere glücklich zu machen – Menschen und Wichtel. Er würde so etwas niemals tun.«

Plötzlich hatte ich eine Idee. Wenn der Weihnachtsmann ins Gefängnis ging, würde ich wenigstens dafür sorgen, dass er da nicht allein war. Schließlich war ich an allem schuld.

»Ich war dabei. Wir haben es zusammen getan.«

Ich beobachtete die Wichtelgesichter. Die Menge, die sich hier versammelt hatte, war dem Weihnachtsmann zwar nicht am treuesten ergeben – die meisten seiner Freunde arbeiteten noch in der Spielzeugwerkstatt und hatten so kurz vor Weihnachten keine Zeit, auf der Hauptstraße zu bummeln –, aber es war trotzdem erschreckend zu sehen, wie ihre freundlichen Gesichter plötzlich feindselig und gehässig wurden. Ich musste an die Menge denken, die gestern Abend vor dem Haus in der Rentierstraße 7 gestanden hatte.

»Warum sagst du so was?«, fragte Nusch. »Hört alle zu, der Weihnachtsmann und Amelia sind keine Bankräuber!«

Wodol nahm die Pfeife aus dem Mund und steckte sie wieder ein. »Kein Wunder, dass niemand deine Zeitung kauft, wenn du so einfältig bist, Nusch. Verstehst du nicht? Der Weihnachtsmann hat sich selbst keine Gehaltserhöhung gegeben, weil er gut dastehen wollte. Er will, dass ihn alle lieben. Wichtel, Menschen, die ganze Welt. Wie erbärmlich. Er ist ein Egoist und ein Lügner! Und seit heute wissen wir, dass er auch ein *Bankräuber* ist!«

»Sperrt ihn ein!«, rief jemand.

»Sperrt ihn ein!«, schrie ein anderer.

»Sperrt ihn ein! Sperrt ihn ein! Sperrt ihn ein!«

»O ja«, sagte Wodol, »wir müssen sofort etwas unternehmen. So kann es nicht weitergehen. Als letztem rechtmäßigem Vorsitzenden des Wichtelrats vor dem Weihnachtsmann fällt es automatisch mir zu, das Ruder zu übernehmen. Aber wahrscheinlich ergibt er sich nicht freiwillig. Er glaubt bestimmt, die braven Dummköpfe in der Spielzeugwerkstatt würden den ganzen Tag weiterarbeiten … *obwohl er ihnen ihr ganzes Geld gestohlen hat!*«

»Er hat ihnen gar nichts gestohlen«, sagte Nusch. Ich hätte ihr so gern zugestimmt, aber ich durfte nicht. Außerdem wurde sie sowieso von der Menge übertönt.

»Hört zu«, donnerte Wodol, und die Wichtel wurden still. »Höchstwahrscheinlich hat der Weihnachtsmann seine Flucht noch für heute Nacht geplant und will sich mit dem Schlitten in die Menschenwelt absetzen. Mit unserem Geld! Leider hat er, als er Vorsitzender wurde, die Wichtelarmee aufgelöst, aber glücklicherweise weiß ich die Rettung.«

»Nämlich?«, fragte Gulda.

»Kaninchen«, sagte er. Und dann rief er aus Leibeskräften: »KANINCHEN! KANINCHEN! KANINCHEN!«

Die Menge starrte ihn mit offenen Mündern entsetzt an.

»Wir stehen kurz vor dem Krieg mit den Menschen ...«, erklärte Wodol.

»Stimmt doch gar nicht«, sagte Nusch, aber niemand hörte ihr zu.

»Die Kaninchen sind unsere einzige Hoffnung. Meine erste Amtshandlung als außerordentlicher Anführer der Wichtel ist es, hiermit den Osterhasen und seine Kaninchenarmee zu unseren neuen Verbündeten zu erklären, um Wichtelgrund gegen die Gier, die Lügen und den Egoismus der Menschen zu verteidigen.«

»Das ist eine sehr, sehr schlechte Idee«, sagte Nusch.

Doch es war zu spät. Ich entdeckte den Osterhasen,

der an der Spitze der Kaninchenarmee über die Hauptstraße auf uns zumarschierte. »Aaah!«, heulte der Kleine Mim und riss an Nuschs Hand. »Kaninchen!«

»Bringt Amelia in den Bau und haltet sie dort fest«, befahl Wodol, als die Kaninchen da waren.

»Wagt es bloß nicht!«, protestierte Nusch.

»Noch ein Wort, und du und der Kleine Mim landet auch im Bau.«

Nusch drückte den verängstigten Mim an sich und begann zu weinen, als sie sah, wie ich von zwei uniformierten Kaninchen weggeschleppt wurde.

Hinter mir hörte ich Wodol.

»Keine Angst, Wichtel. Der Osterhase und ich sind hier, um zu helfen. Wir und die Kaninchenarmee gehen jetzt zur Spielzeugwerkstatt und führen den Weihnachtsmann seiner gerechten Strafe zu.«

Als ich zurück zur Ganz Ruhigen Straße und dem Kaninchenbau darunter gezerrt wurde, musste ich die ganze Zeit daran denken, was der Weihnachtsmann in diesem Moment tat. Wahrscheinlich stand er gerade in

der Spielzeugwerkstatt und hielt den Unerschöpflichen Sack auf, und die Wichtel stellten sich in einer Schlange an, um die Geschenke, die sie gemacht hatten, hineinzuwerfen. Ich wusste, wie glücklich er in diesem Moment sein musste. Es war sein liebster Tag im ganzen Jahr. Bestimmt sang er. Und die ganze Werkstatt sang mit. Und dann – jetzt, in diesem Moment, klopfte es an der Tür. Die Kaninchenarmee würde die Werkstatt stürmen. Als ich im dunklen Bau verschwand, dachte ich nicht an mich. Ich dachte an den Weihnachtsmann und daran, wie sein Lächeln erstarren würde, wenn der Osterhase vor ihm stand, um ihn zu verhaften und in einen unterirdischen Kerker zu werfen, so wie mich.

Ich fühlte mich so schuldig, dass ich am liebsten geheult hätte. Aber ich heulte nicht. Mit Tränen konnte ich Weihnachten nicht retten.

Hinter Gittern

Tief unten in der Höhle befand sich das Gefängnis. Hier gab es keine Buntwürmer. Es gab nur ein paar flackernde Laternen und vier menschengroße Käfige – oder »Ställe«, wie die Kaninchen sagten. In einem der Ställe saß ich. Im zweiten saß der Weihnachtsmann. Im dritten saß die Wahrheitselfe. Das Gitter war so engmaschig, dass sich nicht mal eine Elfe durchquetschen konnte. Der vierte Stall in der Ecke war leer, doch das blieb er nicht lange. Auf Wodols Geheiß schleppten zwei Kaninchen eine völlig verwirrte Mary herunter und sperrten auch sie ein.

»Was ist denn hier los?«, fragte Mary.

Der Weihnachtsmann erklärte: »Sie denken, ich hätte die Bank ausgeraubt. Und ihr wärt meine Komplizen.«

»Es ist meine Schuld«, sagte ich.

»Ja, das stimmt, es ist alles ihre Schuld«, sagte die Wahrheitselfe.

Der Weihnachtsmann versuchte durch das Gitter nach Marys Hand zu greifen. »Es tut mir schrecklich leid, Mary. Ich wollte nicht …«

»Nein!«, unterbrach ich ihn. Drei Wachkaninchen beobachteten uns und mümmelten dabei an einer Karotte. »Die Wahrheitselfe hat recht. Es ist allein meine Schuld. Es tut mir leid, dass ich Weihnachten verdorben habe.«

Die Wahrheitselfe war übrigens die Einzige von uns, die nicht sonderlich besorgt schien. »Es ist wie früher, Niki, findest du nicht? Als Wodol uns zusammen eingesperrt hat. Muss Schicksal sein, oder? Irgendwie gehören wir zusammen.« Sie sah zu Mary, die sie anfunkelte. »Nichts für ungut, Dickmops.«

»Ich heiße Mary.«

Die Elfe zuckte die Schultern. »Hab nie was anderes behauptet.«

»Wir müssen hier raus!«, sagte der Weihnachtsmann. »Es ist Weihnachten! Überall auf der Welt warten die Kinder auf mich.«

Die Wahrheitselfe seufzte. »Vielleicht solltest du diesen ganzen Weihnachtskokolores an den Nagel hängen. Er macht dir doch nichts als Ärger.«

Der Weihnachtsmann antwortete nicht, sondern wandte sich an eins der Wachkaninchen – es hatte die Nummer 555 auf die Jacke gestickt. »Hör zu, mein flauschiger Freund, entschuldige, dass ich dich damit behellige, aber wir müssen wirklich dringend hier raus. Ich habe heute Nacht extrem viel zu tun. Ich weiß, ihr habt Befehle und so, aber es ist Weihnachten, und an Weihnachten wird die gewohnte Ordnung auf den Kopf gestellt, unerwartete Dinge geschehen, und es ist die Zeit für Herzensgüte.«

Nummer 555 ignorierte ihn und knabberte weiter an seiner Karotte.

»Was passiert jetzt mit uns?«, fragte ich.

Die Wahrheitselfe zuckte die Schultern. »Irgendwas Schlimmes, schätze ich.«

»Wie wäre es mit Magie?«, flüsterte ich, als die Kaninchen gerade nicht aufzupassen schienen. »Drumwickerei. Wenn du die Zeit anhalten und in einer Nacht um die ganze Welt fliegen kannst, dann können wir doch sicher auch aus einem unterirdischen Kaninchenstall fliehen?«

»Schön wär's, Amelia«, antwortete der Weihnachtsmann. »Aber du vergisst eins. Für Magie braucht man Hoffnung. Und wir sind hier in einer hoffnungslosen Lage. Es liegt kein Zauber in der Luft, jedenfalls nicht hier unten. Und auch den Wichteln oben ist der Zauber ausgegangen. Wahrscheinlich sind inzwischen selbst einige der Werkstattwichtel gegen mich und glauben, ich hätte die Bank ausgeraubt.«

»Das glauben sie bestimmt nicht, Zuckerplätzchen.« Mary sah ihn liebevoll an. »Väterchen Toppo sagt ihnen schon die Wahrheit. Kommt, Kinder, wir müssen Hoffnung aufbringen.«

Die Wahrheitselfe schüttelte den Kopf. »Toppo kennt die Wahrheit doch selber nicht.«

»Na ja, aber er weiß sicher, dass der Weihnachtsmann unschuldig ist, und Nusch weiß es auch«, wandte ich ein.

»Das reicht nicht. Die Wichtel sind keine Elfen. Sie sind keine Freidenker. Sie glauben das, was sie in der Zeitung lesen.«

So hatte ich den Weihnachtsmann noch nie erlebt. In seinen Augen war kein Funkeln. Kein Lächeln in seinem Gesicht. Seine Wangen waren auffallend unrosig, und er seufzte tief. »Wodol hat seit Jahren auf diesen Tag gewartet. Und jetzt ist es so weit. Für die Wichtel ist es eine Katastrophe. Angst, Elend und Misstrauen werden im Wichtelreich Einzug halten, genau wie früher. Und für die Menschen ist es auch eine Katastrophe. Millionen Weihnachtsstrümpfe auf der Welt bleiben leer. Sogar für Wodol ist es eine Katastrophe, auch wenn er das noch nicht erkennt. Und wir können nichts tun. Selbst wenn wir irgendwie hier rauskämen, hätten wir immer noch die ganze Kaninchenarmee gegen uns, und jeden Wichtel, der dem *Wahren Schnee* Glauben schenkt. Es ist ...« Er stockte. Er konnte selbst nicht glauben, was er gleich sagen würde. »Es ist ...«

Mary schüttelte den Kopf und schniefte leise.

Und dann sagte er es. Der Weihnachtsmann sagte das Wort, das ich niemals aus seinem Mund erwartet hätte.

»Es ist *unmöglich*.«

Tod durch Schokolade

Im gleichen Moment hörten wir Stimmen im Tunnel. Die Wachkaninchen legten die Karotten weg, standen stramm und salutierten, als der Osterhase und Wodol hereinkamen.

Der Osterhase stellte sich vor dem Käfig des Weihnachtsmanns auf. Seine Nase und Barthaare zuckten. In seinen dunklen Augen spiegelten sich die goldenen Flammen der Laternen. »Nanu, wen haben wir denn da? Den berühmten Weihnachtsmann. Von allen gefeiert. Der beliebteste Typ der Welt. Und doch bist du hier. An Heiligabend. In einem Kaninchenstall. Tief unter der Erde. Ich schätze, morgen wirst du nicht mehr so beliebt sein, was? Wenn all die aufgeregten Kinder in ihre kleinen schlaffen Strümpfe schauen und nichts darin finden außer – tja – *nichts*. Dann bist du der *un*beliebteste Typ der Welt.«

»Warum tust du das? Ich habe dir nie etwas getan. Ich habe nie auch nur an dich gedacht.«

Der Osterhase zuckte zusammen, als hätte er eine Ohrfeige bekommen. »*Nie an mich gedacht?* Da hast du es. Genau das ist die Arroganz von Weihnachten.

Weihnachten ist so was von selbstverliebt, genau wie die Menschen. Aber ich sage dir eins: Der Grund dafür, dass du nicht an uns denkst, ist, dass wir Kaninchen wie Ostern sind – wir sind zu kompliziert für dein einfältiges Gehirn. Du willst Spielzeug und bunte Kugeln und nervende Lieder. Aber wir sind Kaninchen. Wir glauben an die Widersprüchlichkeit des Lebens. Wir glauben an die Kunst. Und dafür kämpfen wir. Du denkst nicht an uns, weil du uns nicht verstehst. So wollt ihr es immer haben: einfach. Deshalb habt ihr die Kaninchen in den Untergrund verdammt. Aus den Augen, aus dem Sinn.«

Dann trat Wodol vor. »Und jetzt ist der Zeitpunkt gekommen, da die *Menschen* unter der Erde landen. Aus den Augen, aus dem Sinn.«

Er streichelte seinen Bart wie eine Katze. Plötzlich fiel mir Käptn Ruß ein. Ich fragte mich, ob er zu Hause war. Ich hoffte, er war in Sicherheit. Ich wünschte, ich wäre bei ihm.

»In diesem Moment«, fuhr Wodol fort, »an Heiligabend um *Langsam wird es Zeit* steht die Spielzeugwerkstatt leer. Alle Arbeiterinnen und Arbeiter wurden weggeschickt. Ganz Wichtelgrund hat sich im Gemeindesaal versammelt, wo ein paar Generäle der Kaninchenarmee und ein paar meiner Journalisten allen die Lage erklären.«

»Die Lage erklären?«, schnaubte Mary. »Du meinst wohl, ihnen Lügenmärchen auftischen!«

Wodol achtete nicht auf sie. »Und da wir gerade von Erklärungen sprechen, sollten wir euch wohl auch erklären, was nun mit euch geschieht, nicht wahr, Osterhase?«

Der Osterhase hatte gerade nicht zugehört. Er war damit beschäftigt, seine verschossene rote Armeejacke mit dem makellosen knallroten Mantel des Weihnachtsmanns zu vergleichen. »*Der* ist echt rot«, murmelte er.

»Also gut«, knurrte Wodol. »Dann erkläre ich es euch. Ihr seid hier sehr, sehr tief unter der Erde. Dieser Raum ist der allertiefste Punkt des ganzen Höhlennetzwerks. Und seht ihr den Stollen dort?« Er zeigte auf einen von drei Tunneln, die von weiter oben in den Raum führten.

»Ja, wir sehen ihn«, antwortete die Wahrheitselfe wahrheitsgemäß.

Wodol nickte. »Eigentlich ist es mehr ein Rohr als ein Stollen. Es ist nämlich so: Inzwischen gibt es einfach *zu viel* Schokolade hier unten. Die Kaninchen brauchen mehr Platz, um die ganze Schokolade zu verstecken. Und dieser Raum hier ist ein sehr gutes Versteck. Ein Versteck in einem Versteck. Deswegen wird er gleich in ein Schokoladenlager umgewandelt. Er hat genau das richtige Hohlmaß. Wir kippen den Kessel, die Schokolade fließt in das Rohr, und in null Komma nichts flutet sie den Raum. Köstliche Schokolade, die steigt und steigt, bis sie euch von den Zehen bis zum Scheitel umhüllt. Und dann wird sie fest. Aber bis dahin seid ihr längst ertrunken. Und niemand wird je davon erfahren. Stellt euch das vor. Eure Knochen werden bis ans Ende aller Zeit in einem riesigen Block Schokolade versteckt sein.«

»Klasse Abgang, oder?«, sagte der Osterhase. »Tod durch Schokolade.«

Unmögliche Dinge

Wodol und der Osterhase waren weg.

Wir waren allein – und warteten auf das Rauschen des Schokoladenstroms.

»Wahrscheinlich sind wir gleich tot«, sagte die Wahrheitselfe.

»Das kannst du nicht wissen«, sagte ich. »Die zukünftige Wahrheit kennst du nicht.«

»Ich habe ja auch *wahrscheinlich* gesagt. Die statistische Wahrscheinlichkeit ist sehr hoch. Und das ist Elfenmathematik. Viel logischer als Wichtelmathematik.«

Dann hob Mary, deren Käfig am weitesten von meinem entfernt stand, plötzlich den Kopf. »Ich habe etwas gehört!«

»Wahrscheinlich die Schokolade«, seufzte der Weihnachtsmann.

»Nein, etwas anderes. Eine Art ...«

Da hörte ich es auch. Ein Miauen.

»Käptn Ruß!«, rief ich, denn da kam der Käptn aus einem der Tunnel spaziert.

»Oh, das arme liebe Pferdchen«, sagte die Wahrheitselfe.

Der Weihnachtsmann rüttelte an seinem Gitter. »Er muss hier raus.«

»Schsch! Weg hier, Käptn!«, versuchte ich ihn zu verscheuchen. »Raus mit dir. Ich habe dir doch gesagt, du sollst zu Hause bleiben. Geh nach Hause. Wenn du hierbleibst, ertrinkst du in Schokolade.«

»Schsch!«, machten wir alle. »Schsch!«

Aber Käptn Ruß ging nirgendwohin.

»Na gut. Dann müssen wir eben alle hier raus«, sagte ich mit neuer Entschlossenheit.

Und wieder sagte der Weihnachtsmann das Wort. »*Unmöglich.*«

Ich hasste den Klang. Endlich verstand ich, warum es ein Schimpfwort war. »Nein, ist es nicht.«

Käptn Ruß stand vor meinem Käfig. Er rieb das Köpfchen an den Stäben. Albernerweise schnurrte er. Er hatte keine Ahnung, in welcher Gefahr wir alle schwebten.

Der Weihnachtsmann sah mich an, und sein Gesicht schimmerte im Licht der Laterne. »Du hast die ganze Zeit recht gehabt, Amelia. Manche Dinge sind einfach unmöglich.«

»Es ist nicht unmöglich«, erwiderte ich. »Komm schon.

Sag es. Das Unmögliche ist eine Möglichkeit, die wir nur noch nicht erkannt haben.«

»Amelia hat recht«, sagte Mary. »Erinnerst du dich? Wir dachten, wir wären für immer in Creepers Arbeitshaus gefangen.«

»Dafür seid ihr jetzt in einem Käfig tief unter der Erde gefangen«, bemerkte die Wahrheitselfe wenig aufbauend, »dem fast sicheren Tod geweiht. Das ist kein großer Fortschritt.« Aber dann fiel ihr etwas ein. »Nikolas, erinnerst du dich an deinen ersten Schornstein? Erinnerst du dich, wie winzig dieses Loch in der Decke der Turmzelle war? Du warst mindestens zehn Mal so breit wie das Loch. Und trotzdem hast du es geschafft. Du bist durch den Schornstein entkommen. Das war das Erstaunlichste, was ich je erlebt habe.«

Der Weihnachtsmann lächelte stolz. »Ich bin schon durch kleinere Schornsteine gekommen. Ich bin sogar durch Schornsteine gekommen, die gar keine richtigen Schornsteine waren. Und viel unmöglicher geht gar nicht.«

»Dann kannst du es doch«, sagte ich, »du kannst uns hier rausholen.«

»Ohne Hoffnung in der Luft kann ich gar nichts. Und hier ist keine Hoffnung.«

»Heute ist doch Weihnachten!«, widersprach ich. »Die ganze Welt ist voller Hoffnung!«

Der Weihnachtsmann schloss die Augen. »Ich spüre sie nicht. Wir sind zu tief unter der Erde. In Wichtel-

grund gibt es jedenfalls keine Hoffnung. Und von den Nordlichtern sind wir viel zu weit weg.«

»Dann muss sie eben von uns selber kommen«, sagte ich. »*Wir* müssen hoffen. Wenn wir alle zusammen hoffen, kommen wir hier vielleicht raus, bevor die Schokolade reinkommt.«

Der Weihnachtsmann dachte nach. »Irgendetwas Unmögliches müsste passieren. Das ist der beste Weg, Hoffnung zu erzeugen. Hoffnung ist der Glaube an das Unmögliche. Und um an das Unmögliche zu glauben, muss man manchmal etwas Unmögliches sehen.«

Ich schloss die Augen. Ich dachte an meine Mutter. Ich dachte daran, wie ich nach ihrem Tod geglaubt hatte, ich könnte nie wieder etwas Schönes, Gutes erleben. Wie falsch ich damit gelegen hatte. Das Leben in Wichtelgrund war vielleicht nicht perfekt gewesen. Aber jetzt wurde mir klar, dass es auch viel Schönes gegeben hatte. Eislaufen. Trampolinhüpfen. Waldbeerentörtchen. Wichteltennis nach der Schule mit Zwinki. Ja, die Schule war schwer – aber vielen Kindern fiel die Schule schwer. Und beim Weihnachtsmann, Mary und Käptn Ruß hatte ich ein liebevolles Zuhause. Dabei hatte ich zuvor geglaubt, dass es nie wieder Freude in meinem Leben geben könnte.

»Du hast mir das Leben gerettet«, sagte ich zu ihm. »Ich glaube an dich.«

»Mir hast du auch das Leben gerettet«, sagte Mary und starrte auf ihre Käfigtür.

Auch die Wahrheitselfe versuchte, etwas Positives zu sagen. »Nachts stelle ich mir vor, mein Kissen wäre dein Bauch. Ich lege den Kopf darauf und denke an dich.«

Das brachte den Weihnachtsmann zwar zum Lachen, aber als er wieder still war, hörten wir es. Das Rauschen, das nur eins heißen konnte: Schokolade im Anmarsch. Sie strömte durch die Röhre und schoss mit schrecklicher Geschwindigkeit auf uns zu. Wir konnten sie riechen. Den wunderbaren – und in diesem Moment ziemlich bedrohlichen – Duft von reiner, edler Schokolade.

»Da kommt sie«, sagte die Elfe.

»O nein«, sagte ich (glaube ich).

»Miau«, sagte Käptn Ruß.

»Wir brauchen mehr Hoffnung«, sagte der Weihnachtsmann.

Mary sagte gar nichts. Sie schien sich ganz, ganz fest zu konzentrieren.

Es ging schnell. Die Schokolade flutete die Höhle. Innerhalb von Sekunden schwappte sie uns um die Knöchel und reichte Käptn Ruß bis zum Bauch.

»Käptn!«, rief ich verzweifelt und klatschte in die Hände. »Raus mit dir. Geh schon!«

Klatsch! Klatsch! Klatsch!

Die Schokolade stieg und stieg und stieg. Käptn Ruß musste schwimmen, und mir ging sie schon bis über die Knie und dann bis zur Hüfte.

»Trinkt sie!«, rief der Weihnachtsmann, der immer

noch keinen Drumwick zustande brachte. Aber ein Drumwick war verzweifelt nötig. »Trinkt, so viel ihr könnt.«

Also fingen wir alle an, so viel Schokolade zu schlürfen, wie wir konnten. Außer Käptn Ruß, der wusste, dass für Katzen der Verzehr von Schokolade tödlich sein konnte. Doch vier Personen konnten einfach nicht den ganzen Wichtelbank-Schokoladenvorrat austrinken. Es war viel zu viel. Die Schokolade stand mir bis zum Hals. Die Wahrheitselfe schwamm in panischen Zügen im Kreis. Als ich nicht mehr stehen konnte, schlürfte der Weihnachtsmann immer noch. Nur Mary wirkte vollkommen ruhig, die Augen geschlossen, selbst als ihr die Schokolade bis zum Kinn stand.

Dann wurde es stockdunkel – absolut vollkommen pechschwarz. Die Schokolade hatte die Laternen gelöscht.

Ich berührte das Käfigdach. Es kam näher und näher.

Das war's.

»Wir werden sterben«, sagte die Wahrheitselfe.

Ich wusste, dass sie die Wahrheit sagte.

Wir konnten unmöglich entkommen.

Ich sprach es sogar aus. Das heißt, ich fing damit an.

»Es ist hoffnungslos. Es ist unmög…«

Doch in einem einzigen Moment kann sich alles verändern. Innerhalb eines einzigen Worts. Zwischen der zweiten und der dritten Silbe.

Eben war ich noch kurz davor, tief unter der Erde in geschmolzener Schokolade zu ertrinken, und im nächsten Moment lag ich klitschnass im Freien. Auf einem Straßenschild über mir stand: GANZ RUHIGE STRASSE.

Langsam begriff ich, wo ich war. Vor mir stand das bescheidene Wichtelhaus mit dem winzigen Fenster und der schwarzen Tür. Wodols Haus. Dann entdeckte ich Käptn Ruß, der versuchte, sich die Schokolade von den Pfoten zu schütteln. Dann sah ich noch eine kleine schokoladenüberzogene Gestalt. Die

Wahrheitselfe saß neben mir auf der Straße und kratzte sich am Kopf.

»Wie sonderbar«, sagte sie.

Und dann flog die schwarze Tür auf, und heraus kam Mary, außer Atem, mit rotem Gesicht und zusammengebissenen Zähnen, die den Weihnachtsmann in den Armen trug – ja, *trug*. Sie legte ihn neben uns in den Schnee.

Er lächelte ein breites schokoladiges Lächeln. »Was ist passiert?«, fragte er benommen.

»Ich habe endlich den Trick raus. Ich kann zaubern!«

»Du bist aus dem Käfig ausgebrochen? Du hast die Zeit angehalten?«

»Ich habe … das Unmögliche möglich gemacht. Ja!«

Der Weihnachtsmann strahlte übers ganze Gesicht. »Dann haben sich die Drumwickstunden doch gelohnt! Du hast uns alle gerettet!«

»Sogar mich«, sagte die Wahrheitselfe. »Danke, Dickm– Ich meine, danke, Mary.«

»Ja, sieht ganz so aus.« Kichernd wischte sich Mary die Schokolade aus dem Gesicht.

Der Weihnachtsmann rappelte sich hoch und umarmte sie und gab ihr einen dicken Schokoladenkuss.

»Das ist ja widerlich«, grummelte die Wahrheitselfe. »Ich glaub, mir wird gleich schlecht.«

Ich stand auf und sah, dass die Dämmerung hereinbrach. Es war noch nicht vorbei. Wir wurden immer noch für Verbrecher gehalten. Wir hatten immer noch

Wodol, den Osterhasen, die gesamte Kaninchenarmee und viele, viele wütende Wichtel gegen uns. Wir mussten immer noch unser Leben, unsere Freiheit und Weihnachten retten.

»Auf zur Spielzeugwerkstatt!«, sagte der Weihnachtsmann. »Schnell!«

Also liefen wir los und hinterließen schokcladenbraune Fußspuren im Schnee.

Der versteckte Einton

ie schrecklich«, sagte der Weihnachtsmann, als er den Blick über das liegengebliebene Spielzeug in der Spielzeugwerkstatt schweifen ließ. »Heiligabend. Und kein einziger Wichtel am Werk.«

»I-i-ich bin h-h-hier«, meldete sich eine Stimme.

Der Weihnachtsmann wusste sofort, wer es war. »Einton! Wo bist du?«

Im nächsten Moment krabbelte der ängstliche Wichtel unter einem Arbeitstisch hervor. »Ich bin hier, Weihnachtsmann.«

»Was ist passiert?«

»Als sie dich abgeführt haben, blieben ein paar Kaninchen hier und erklärten uns, du hättest die Bank ausgeraubt. Ich habe sofort gewusst, dass es gelogen war. Alle Wichtel hier wussten es. Aber sie schickten uns weg. Alle mussten ins Rathaus. Wir hatten keine Wahl.«

»Aber du bist geblieben.«

»Ich h-habe mich v-v-versteckt.«

»Das war sehr tapfer, Einton«, sagte Mary.

»Sehr tapfer«, sagte auch ich.

»Miau«, sagte Käptn Ruß.

»Ihr müsst schnell w-w-weg hier«, sagte Einton. »Sie können jeden Moment wiederkommen.«

»Das ist ja eine ausgezeichnete Idee«, erklärte die Wahrheitselfe begeistert und wandte sich zur Tür. »War ein schöner Tag heute. Aber ich wäre zweimal fast gestorben, und ich habe keine Lust auf ein drittes Mal. Also, wenn es euch nichts ausmacht, ziehe ich mich jetzt in meine bescheidene Hütte in den Waldigen Hügeln zurück und lege mich in die Badewanne. Wasche mir die Schokolade ab. Maarta hat mich bestimmt schon vermisst.«

»Nein«, sagte ich. »Du kannst jetzt nicht gehen. Noch nicht.«

Ihre Augen wurden groß. »Ich glaube schon, dass ich das kann.«

»Wir brauchen dich.«

»Und ich brauche ein Bad. Also …«

Aber der Weihnachtsmann wusste, was ich im Sinn hatte. »Amelia hat recht. Wir brauchen dich, Pixie. Für eine letzte Sache.«

Die Eindringlinge

Als wir zum Rathaus kamen und der Weihnachtsmann die Tür aufriss, drehten sich alle Wichtel um und starrten uns erschrocken an.

Wodol stand mit dem Osterhasen auf dem Podium und war mitten in einer Rede. »Und deshalb werde ich mit den Kaninchen zusammenarbeiten, um Gesetz und Ordnung wiederherzustellen und dafür zu sorgen, dass der Weihnachtsmann und die anderen Menschen uns nie wieder zum Narren halten. Von nun an werden wir nur die Wahrheit glauben und ...«

Auch die Kaninchensoldaten, die an den Wänden aufgestellt waren, blickten zur Tür. Eine von ihnen erkannte ich.

»*Eindringlinge!*«, rief Nummer 382.

Wir gingen auf die Bühne zu, und Wodol starrte in wilder Verzweiflung auf unsere schokoladengetränkten Kleider.

»Seht sie euch an! An ihren Kleidern klebt Schokolade. Das ist der Beweis. Sie waren es. Ihr könnt die Wahrheit mit eigenen Augen sehen!«

»Die Wahrheit«, entgegnete der Weihnachtsmann

kühl, »ist ein interessantes Wort. Leider benutzen es die Leute für unterschiedliche Dinge. Dabei ist die Wahrheit *immer* die Wahrheit. Zum Glück haben wir die Wahrheitselfe mitgebracht. Und wie ihr alle wisst, kann die Wahrheitselfe nichts als die Wahrheit sagen. Also, Wahrheitselfe, würdest du uns bitte sagen, wer hinter dem Bankraub steckt?«

»Ojemine«, wimmerte die Wahrheitselfe, als alle Wichtel und Kaninchen sie anstarrten und auf die Antwort warteten. »Das macht mich jetzt ganz verlegen.«

»Sag ihnen die Wahrheit.«

Wodol stürmte vor zum Bühnenrand und versuchte, die Elfe mit seinem mächtigsten, finstersten Drumwick zum Schweigen zu bringen. Aber wie jeder Wichtel wusste, konnte kein Zauber der Welt eine Wahrheitselfe davon abhalten, die Wahrheit zu sagen.

»Wodol und die Kaninchen haben die Bank ausgeraubt«, brach es aus ihr hervor. »Die Menschen sind unschuldig. Wodol und der Osterhase wollten sie aus dem Weg räumen und die Macht an sich reißen. Deswegen sind wir voller Schokolade. Sie haben versucht, uns in Schokolade zu ertränken, unten, in den Höhlen, die sie unter Wichtelgrund gebuddelt haben.«

Der ganze Saal schnappte nach Luft.

»Das ist wahr«, sagte eine Stimme aus der Menge. Es war Nusch. »Ich bin in das Loch unter der Bank hinuntergestiegen, um der Geschichte auf den Grund zu gehen. Vom Tresorraum führt ein Tunnel in eine Höhle. Und die Höhle ist voll mit Schokolade.«

»V-V-Väterchen Wodol hat uns angelogen«, sagt Einton, der neben ihr stand. »Er hat uns immer angelogen.«

»Kann ich jetzt gehen?«, fragte die Wahrheitselfe.

Der Weihnachtsmann schüttelte den Kopf. »Nein. Eine Frage habe ich noch. Hat Amelia den Schlitten mit Absicht kaputtgemacht? Hat sie versucht, jemanden zu verletzen, wie Wodol im *Wahren Schnee* geschrieben hat?«

»An dem Tag, als es passierte, kam sie bei mir vorbei und hat mir alles erzählt«, sagte die Elfe. »Und auch wenn ich selbst nicht lügen kann, wittere ich eine Lüge zehn Meilen gegen den Wind, besser als jede andere Elfe auf der Welt. Und ich kann euch sagen, es war ein Unfall. Amelia hat ein gutes Herz – auch wenn sie eine ziemliche Nervensäge sein kann und mir allerhand Ärger eingebracht hat. Aber sie würde niemals einem Wichtel etwas zuleide tun.«

»Ich wusste es!«, sagte Mütterchen Bria. »Sie ist ein gutes Kind!«

»Das habe ich doch gleich gesagt!«, rief Pippin, der Brieffänger, aus dessen Taschen die letzten Wunschzettel herausquollen.

»Ich liebe die Menschen!«, rief der Kleine Mim.

Inzwischen wurde es immer lauter.

Die Kaninchensoldaten warteten auf den Befehl zum Eingreifen, aber der Osterhase stand sprachlos neben Väterchen Wodol.

»RUHE!«, brüllte der schwarzbärtige Wichtel. »RUHE! Es spielt keine Rolle, wer die Bank ausgeraubt hat. Die Menschen stellen eine Gefahr für uns alle dar.« Dann zeigte er mit dem Finger auf uns und schrie die Kaninchen an: »Nehmt sie gefangen!«

Die Kaninchensoldaten rührten sich nicht.

»Ich wusste, dass der Osterhase böse ist!«, sagte Mütterchen Miro.

»Das war er schon immer!«, sagte Kolumbus.

Ich schaute den Osterhasen an. Er wirkte irgendwie durcheinander, so als ob das Gute immer noch in ihm steckte und herauszukommen versuchte, aber nicht wüsste wie. Ich erinnerte mich, was der Weihnachtsmann einmal gesagt hatte. *Wenn man bereit ist, das Gute im Herzen zu sehen, dann strahlt es zurück.*

»Nein!«, rief ich laut. »Der Osterhase ist nicht böse.«

»Amelia!« Mary lachte. »Was redest du da? Der Osterhase und Wodol wollten uns gerade umbringen.«

»Ja, aber er war nicht immer so. Die Kaninchen waren früher freundliche Geschöpfe. Sie lebten ganz friedlich, bevor der Krieg mit den Wichteln anfing.«

»Hört ihr das?«, schrie Wodol. »Hört ihr, wie sie wieder Propaganda gegen die Wichtel macht? Sie hasst euch!«

»Nein«, sagte ich. »Das tue ich nicht. Vor der Wahrheit muss man sich nicht fürchten.«

Da trat der älteste Wichtel im Saal nach vorn. Der Wichtel mit dem flauschigen weißen Schnurrbart. Väterchen Toppo. Alle lauschten, als er sprach.

»Amelia«, hob er an. »Wahrscheinlich bin ich der einzige Wichtel, der sich noch an die letzte Schlacht gegen die Kaninchen erinnert, die sich vor vielen hundert Jahren ereignet hat. Ich war damals erst sechs, aber ich schämte mich zutiefst für die Dinge, die ich sah. Und ich schäme mich bis heute. Die Grausamkeit, die manche Wichtel an den Tag legten, war fürchterlich. Das ist der Grund, warum ich seitdem immer versucht habe, eine andere Art von Wichtel zu sein. Freundlich zu Fremden. Das ist der Grund, warum ich, als ich einst mit meiner Enkelin den Berg bestieg, ein sterbendes Menschenkind mit einem Drumwick rettete – einen Jungen namens Nikolas, aus dem später der Mann wurde, der hier vor euch steht.« Er zeigte auf den Weihnachtsmann, der ihn anlächelte und sich eine Träne aus dem Auge wischte. »Weil ich mich weigerte, mich vor Fremden zu fürchten. Wodol erinnert sich nicht an die alten Kriege. Vielleicht würde er anders denken, wenn er gesehen hätte, was ich gesehen habe. Aber ich möchte dir zwei Dinge sagen, Osterhase ...«

»Was für Dinge?« Der Osterhase hielt seinen Anhänger umklammert, und sein Knickohr richtete sich neugierig auf.

»Erstens«, sagte Toppo, »will ich dich vor dem Wichtel warnen, der neben dir steht. Wodol hat nur das Wohl eines einzigen Geschöpfes im Sinn, und das ist er selbst. Und zweitens möchte ich dir sagen, dass es mir furchtbar leidtut, was wir den Kaninchen damals angetan haben. Wir hätten euch niemals vertreiben dürfen. Das war Unrecht. Und ich glaube, jeder Wichtel hier im Saal würde genauso denken, wenn er die wahre Geschichte kennen würde.«

Der Osterhase wusste nicht, was er sagen sollte. Er klappte den Mund auf, doch es kam kein Wort heraus.

»Was ist los?«, fragte Wodol die Kaninchensoldaten. »Packt die Menschen! Worauf wartet ihr?«

»Auf mich«, sagte der Osterhase. »Die Kaninchen nehmen keine Befehle von Wichteln an.«

Wodols buschige Augenbrauen flatterten heftig wie die Flügel eines sterbenden Vogels. »Dann gib du ihnen den Befehl!«

»Ich nehme auch keine Befehle von Wichteln an.«

Das saß. Wodol verstummte.

Der Weihnachtsmann ging zur Bühne und trat vor den Osterhasen hin. »Wir müssen in Frieden miteinander leben. Es tut mir leid, dass ihr aus Wichtelgrund vertrieben worden seid. Als Vorsitzender des Wichtelrats möchte ich hiermit sagen, dass du und die Kaninchen hier willkommen seid und in Frieden hier leben könnt. Was können wir tun, um das zu erreichen?«

Jeder Wichtel, jeder Mensch, jede Elfe, jedes Kaninchen im Saal war mucksmäuschenstill.

Der Osterhase starrte seinen Anhänger an.

Ich erinnerte mich, was darin war. Das kleine Schokoladenei, das seine Mutter ihm geschenkt hatte.

Und da kam mir eine Idee.

»Ihr müsst euch nicht mehr verstecken«, sagte ich. »Die ganze Welt soll euch kennenlernen, so, wie sie den Weihnachtsmann kennt. Die ganze Welt soll die wahre Botschaft der Kaninchen aus dem Land der Höhlen und Hügel hören. Die Botschaft deiner Eltern. Deiner Mutter. Dass das Leben zerbrechlich ist, aber trotzdem süß. Die Botschaft des Schokoladeneis.«

Der Osterhase sah mich an. Wenn er gerade nicht

drauf und dran war, jemanden umzubringen, hatte er ein erstaunlich nettes Gesicht. »Das verstehe ich nicht.«

»Da bist du nicht der Einzige«, sagte Mary.

»Du könntest Schokoladeneier in die Welt bringen, so, wie der Weihnachtsmann Spielzeug bringt«, erklärte ich. »Und kein Fremder wäre mehr eine Gefahr für die Kaninchen. Alle würden euch lieben. Wir können euch helfen. Am Anfang könntest du dir den Schlitten und die Rentiere des Weihnachtsmanns ausleihen … Oder ihr geht an Weihnachten zusammen auf die Reise. Die Kinder würden in den Strümpfen Geschenke finden und Schokoladeneier in einem Versteck deiner Wahl.«

»Ach ja?«, sagte der Weihnachtsmann, der sich ein

bisschen auf den Schlips getreten fühlte. Aber dann erinnerte er sich, wie ernst die Lage war. »Ich meine, o ja! Tolle Idee! Das können wir machen.«

Und dann fiel auch beim Osterhasen der Groschen. Seine Augen glänzten. »*Die Botschaft des Schokoladeneis.*«

»Lass dich nicht reinlegen«, knurrte Wodol zwischen Angst und Wut. »Das meinen sie nicht ernst.«

»Sie meinen es wohl ernst«, sagte die Wahrheitselfe.

Aber der Osterhase schüttelte den Kopf. »Nein.«

Ich stöhnte.

Alle Kaninchensoldaten machten sich bereit zum Angriff. Nummer 382 hatte schon das Netz parat.

»Nicht an Weihnachten«, sagte der Osterhase dann. »Weihnachten ist schon heute. Ich brauche mehr Zeit. Ich will meinen eigenen Tag.«

Und dann hatte ich die perfekte Idee, die ganz und gar einleuchtend war. »Wie wäre es mit Ostern? Die Zeit, wenn die Kaninchen aus den Löchern kommen? Deswegen heißt du doch Osterhase, nicht wahr?«

»Ja! Das ist es!« Und da sah ich den Osterhasen zum ersten Mal lächeln. »Ostern! Das wäre ideal.«

Ich lächelte auch, und der Weihnachtsmann und Mary und Väterchen Toppo und die Wahrheitselfe und Nusch und der Kleine Mim und Einton und Pippin und Mütterchen Miro und Gulda und Kringel und Bria und Mütterchen Kling lächelten auch. Und bald lächelten auch alle anderen Wichtel, sogar Kolumbus (auch wenn es ein nervöses Lächeln war, weil er gleichzeitig an all die Geschichtsbücher dachte, die nun korrigiert werden mussten). Selbst die Kaninchensoldaten lächelten, und Nummer 382 legte ihr Netz weg.

Der Einzige, der nicht lächelte, war Wodol.

Plötzlich verrutschte das Lächeln des Weihnachtsmanns. Der Grund dafür war, dass sein Blick auf die Uhr gefallen war, die an der Wand hing. Die Uhr zeigte *Allerhöchste Zeit* an.

»So, Wichtel, jetzt aber schnell in die Werkstatt! Wir haben noch viel Spielzeug in den Unerschöpflichen Sack zu stecken!«

Am Ende blieb Wodol allein zurück, und sein Gesicht war noch röter als die Sonne, die draußen unterging, während alle anderen die Kaninchen eingeschlossen, eilig in die Spielzeugwerkstatt stürmten, um Weihnachten in die Tat umzusetzen.

Eine Stunde später stand der Weihnachtsmann mit dem Unerschöpflichen Sack in der Mitte der Werkstatt, und die Schlange der Wichtel und Kaninchen reichte bis hinaus auf die Rentierweide. Als Nummer 382 einen Berg Spielzeug in den Sack geworfen hatte, bat mich der Weihnachtsmann, den Schlitten fertigzumachen, der draußen parkte, und die Rentiere anzuspannen. Ich machte mich an die Arbeit, und die Rentiere halfen brav mit, sogar Komet, der sich sonst manchmal ziemlich anstellte mit dem Geschirr.

Ich sah Blitz an. »Egal, was heute Nacht passiert, keinen Sturzflug mehr, versprochen?«

Er machte ein schnuffelndes Geräusch. Dann prüfte ich das Hoffnungsbarometer, das *Außerordentlich viel Hoffnung* anzeigte.

Ich sprang in den Schlitten, griff nach den Zügeln und wartete, während die Schlange der Wichtel und Kaninchen immer kürzer wurde, bis sie schließlich in der Tür der Werkstatt verschwand. Und dann kam der Weihnachtsmann mit dem geschulterten Sack heraus. Ich reichte ihm die Zügel und wollte aussteigen.

»Nein, Amelia, bleib sitzen. Ich brauche eine Kopilotin.«

»Du weißt doch, was beim letzten Mal passiert ist, als ich in einem Schlitten saß.«

»Ja, aber Käptn Ruß ist diesmal nicht hier. Mary kümmert sich um ihn. Schau.«

Er winkte Mary zu, die Käptn Ruß fest im Arm hielt. Sie stand mit Nusch, Einton, dem Kleinen Mim und Toppo auf der Rentierweide.

Inzwischen hatte sich eine Gruppe von Wichteln um uns versammelt, die sich den Abflug ansehen wollten. Auch Kipp war gekommen. Plötzlich packte mich die Panik. »Du solltest dir vielleicht einen besseren Kopiloten suchen. Was ist mit Kipp? Er ist der beste Schlittenpilot in Wichtelgrund.«

Kipp hörte es, lächelte mich an und schüttelte den Kopf. »Ich finde, du bist die Richtige dafür. Ich habe dich falsch eingeschätzt. Es tut mir leid.«

Da sagte der Weihnachtsmann: »Mir fällt ein besserer Kopilot ein!« Er reichte mir die Zügel. »Ich selbst! Und du lenkst den Schlitten. Zeig ihnen, was du kannst, Amelia.«

»Aber ...«

Ich entdeckte Zwinki in der Menge, die mir zulächelte und die Daumen hochhielt. Auch Schneeflocke war da. Und sogar Wodol hing am Rand der Menge herum wie eine schwarze Wolke.

»Du kannst es, Amelia!«, rief Mary.

Ich sah auf das Hoffnungsbarometer, schloss die Augen und glaubte ganz fest daran, dass alles gutgehen würde.

»Auf geht's, Blitz!«, rief ich. »Auf geht's, Knotterbüchse! Donner! Springer! Sauseschritt! Pirouette! Amor! Komet! Hoch hinaus!«

Einen Moment später teilte sich die Menge, und wir sausten über die Rentierweide auf den gefrorenen See zu, und dann hoch, hoch, immer höher in die Lüfte, und dann waren wir am Himmel, auf dem Weg, die Welt zu umrunden.

Zwei glückliche Menschen, die nirgendwo ganz hingehörten.

Der Weihnachtsmann.

Und ich.

Ein Lächeln zum Schluss

Ich werde dieses Weihnachten nie vergessen. Der Weihnachtsmann ließ mich während der ganzen Reise den Schlitten fliegen, und alle Rentiere, Blitz eingeschlossen, benahmen sich tadellos. Es war zufälligerweise auch das Weihnachten, an dem viele Menschenkinder und -eltern Fußspuren auf dem Teppich fanden. Zuerst dachten sie, es wären Schlammspuren – wie wir aus den Briefen erfuhren, die Pippin im folgenden Jahr auffing. Aber aus der Nähe bemerkten sie, dass die Fußabdrücke ziemlich appetitlich rochen. Nach Schokolade.

Am nächsten Tag fand sich in Wichtelgrund eine lustige Festgesellschaft zusammen, als Kaninchen und Wichtel sich gemeinsam zum Weihnachtsschmaus niederließen und die Schlittenglöckchen *Ein kleiner weißer Schneemann* und *Held im roten Mantel* sangen, und natürlich den Erfolgsschlager *Rentier über dem Berg*. Es war ein Freudenfest. Und die Freude blieb.

Bis Ostern verkrochen sich die Kaninchen in ihren Höhlen, weil sie es dort unten gemütlicher fanden, aber die Wichtel besuchten sie oft, und jeder erste Samstag im Monat war Buntwurm-Disco-Tag. Dann spielten die Schlittenglöckchen und eine Kaninchenband namens Höhlenbrüder und eine weitere sehr laute Gruppe namens Ohren des Untergangs, bei denen unser früheres Wachkaninchen am Schlagzeug saß. Alle hatten mächtig Spaß. Auch nach Ostern verbrachten die Kaninchen viel Zeit unter Tage.

Wahrscheinlich fragt ihr euch, was aus der ganzen Schokolade wurde. Die Bank bekam die Schokolade zurück, damit sich jeder Wichtel sein Geld auszahlen lassen konnte, aber die Schokoladenbank stellte von nun an dreimal so viel Schokolade her wie zuvor. Der größte Teil ging an die Kaninchen, die sich in Wodols ehemaliger unterirdischer Zeitungsfabrik Ateliers eingerichtet hatten, wo sie sich den schönen Künsten widmeten und zauberhafte Eier in allen Größen und Farben schufen.

Wodol musste nicht ins Gefängnis, weil der Weihnachtsmann nichts davon hielt, Leute einzusperren. Doch er musste in dem kleinen Haus auf der Ganz Ruhigen Straße wohnen bleiben, diesmal unter sorgfältiger Beobachtung, und der *Wahre Schnee*, den ohnehin niemand mehr lesen wollte, wurde eingestellt. Stattdessen teilte der Weihnachtsmann Wodol als leitenden Geschenkverpacker ein. Wodol musste in einer Kammer in der Spielzeugwerkstatt sitzen und jedes einzelne Geschenk einpacken. Was ihn entsetzlich nervte, weil ihm ständig das Klebeband im Bart hängen blieb.

Mary war weiterhin für die Reiseroute des Weih-

nachtsmanns verantwortlich, und ein wenig später übernahm sie das Pudding-Café, das sie in Marys Tortenwunderkammer umbenannte. Es dauerte nicht lang, und es war das beliebteste Café in Wichtelgrund. Sie liebte den Weihnachtsmann sehr, und er sie ebenfalls. Jeden Tag schienen ihre Wangen vor lauter Glück rosiger zu werden.

Es lag wieder Hoffnung in der Luft. Die Nordlichter strahlten. Und die Briefe an den Weihnachtsmann flogen immer bis zum Gipfel des Sehr Hohen Berges.

Was mich betrifft, auch mein Leben wurde besser. Viel besser.

Die Wichtel tuschelten nicht mehr hinter meinem Rücken über mich. Ich war keine Außenseiterin mehr. Wichtelgrund war nun ein Ort, in dem Menschen wie Kaninchen willkommen waren. Und in der Schule lief es auch besser. Mütterchen Kling und die anderen Lehrer schienen mir mehr zuzutrauen. Kolumbus übertrug mir sogar eine besondere Aufgabe – ich sollte eine Neue Geschichte Wichtelgrunds schreiben, in der ich die üble Geschichtsklitterung bezüglich der Kaninchen berichtigte. Außer Zwinki wurden auch Schneeflocke und Mandelkern meine guten Freunde, und sie lachten mich nicht mal mehr beim Spickeltanzen aus.

Mit meinen Artikeln für den *Tagesschnee* gelang es mir nach und nach, die Reparatur des Blizzard 360 abzuzahlen. Kipp und ich freundeten uns sogar fast ein bisschen an und tauschten unsere Erfahrungen mit dem

Entführtwerden aus. Ich wurde Schlittenflugmeisterin der Junioren und trug meine Medaille mit Stolz.

Als nach meinem Artikel über Wodol und den Osterhasen die Auflage des *Tagesschnee* in Rekordhöhe schoss, wurde ich zur offiziellen Kaninchen-Korrespondentin erklärt. Mein Interview mit dem Osterhasen galt allgemein als »die herzzerreißendste Story des Jahres«.

So ähnlich lief es auch in den nächsten Jahren. Mehr oder weniger. Weihnachten kam und ging. Der Weihnachtsmann hatte viel mit der Spielzeugwerkstatt zu tun und Mary mit ihrem Café und ich mit der Schule und dem *Tagesschnee*, aber es war eine frohe Art des Viel-zu-tun-Habens. Die Wichtelart.

Viele Jahre später, es war wieder Weihnachten, verließ ich Wichtelgrund nach einem letzten Schlittenflug und kehrte nach London zurück, um ein Waisenhaus zu eröffnen. Das Magische Heim für Mädchen und Jungen. Dass ich ging, lag aber nicht daran, dass ich in Wichtelgrund unglücklich gewesen wäre. Im Gegenteil. Nirgendwo war ich so glücklich gewesen wie in der magischen Gegenwart der Wichtel und des Weihnachtsmanns.

Aber ich erinnerte mich noch gut, wie es vorher gewesen war – an das einsame, traurige Leben als Waisenkind im Arbeitshaus. Und ich wusste, dass es in der Menschenwelt immer noch Kinder gab, denen es so ähnlich ging. Also beschloss ich, es dem Weihnachtsmann nachzutun. Ich nahm mir vor, Kinder froh zu machen, indem ich sie mit einem sauberen Bett und gutem Essen nach Marys Rezepten versorgte und ihnen Lesen und Schreiben beibrachte.

Oft erzählte ich den Waisenkindern die Geschichte meiner Kindheit. An Winternachmittagen saßen wir mit Kuchen und Keksen am Kamin, und dann erzählte ich ihnen von Wichtelgrund. Ich erzählte ihnen von den Wichteln, den Elfen und den Trollen. Ich erzählte ihnen vom Weihnachtsmann und seiner Frau und vom Osterhasen. Ich erzählte ihnen, dass die Briefe an den Weihnachtsmann bis hinauf auf den Sehr Hohen Berg

flogen und von einem akrobatischen Wichtel namens Pippin aufgefangen wurden, der springen und fangen konnte wie kein anderer.

Und so erzähle ich diese Geschichten auch heute noch, als alte Frau in einer Welt voller moderner Erfindungen wie motorisierten Autos und fliegenden Apparaten, die sich Flugzeuge nennen.

Inzwischen reise ich nicht mehr nach Wichtelgrund, aber ich spüre immer noch die Magie des Ortes. Und auch wenn ich nie verdrumwickelt wurde, halte ich die Magie am Leben, indem ich versuche, andere Leute glücklich zu machen. Ich versuche immer, das Gute in ihrem Herzen zu sehen. Und das Gute strahlt zurück.

Der Weihnachtsmann hat einmal gesagt: »Ein Lächeln ist der beste Zauber auf der Welt.«

Und so lächle ich, in diesem Moment, am heutigen Weihnachtstag, während ich hier sitze und zum Ende meiner Geschichte komme. Neben mir liegt ein Brief von ihm. Er hat ihn mir auf den Kamin gelegt.

Es stehen nur zwei Worte darin: »Danke, Amelia.«

Mehr musste er nicht sagen. Denn auch Wörter sind magisch. Sie können *die ganze Welt* enthalten.

Dies ist die Seite am Ende,
wo sich der Schriftsteller bei Leuten bedankt

Es ist ziemlich schwer, ein Buch zu schreiben. Es macht natürlich auch Spaß, aber ein Schriftsteller braucht viel Hilfe, um aus einem Buch ein Buch zu machen. Das gilt besonders für *Ich und der Weihnachtsmann* und die beiden Bücher davor – *Ein Junge namens Weihnacht* und *Das Mädchen, das Weihnachten rettete*.

Vor allem danken möchte ich:

Dir. Leserin oder Leser. Ich finde, du hast das Buch sehr gut gelesen. Nicht zu schnell und nicht zu langsam. Gut gemacht!

Chris Mould. Dem Illustrator. Für die tollen Bilder in diesem Buch. Bücher mit schönen Bildern drin sind die besten Bücher, die es gibt.

Francis Bickmore. Meinem wunderbaren Lektor. Der mir gesagt hat, welche Stellen schlechter als die anderen sind, damit ich sie verbessern konnte.

Clare Conville. Für ihre Weisheit und Wärme.

Allen bei Canongate, die so viel für dieses Buch getan haben. Dazu gehören Rafi Romaya, Megan Reid, Rona Williamson, Jenny Fry, Claire Maxwell, Alice Shortland, Neal Price, Jane Pike, Andrea Joyce, Caroline Clarke, Christopher Gale und, nicht zu vergessen, Jamie Byng.

Andrea Semple. Meiner besten Freundin. Die als Erste dieses Buch gelesen hat, als es noch voller Fehler war. Die die Fehler beseitigt hat. Und die dieses und jedes andere meiner Bücher viel, viel besser macht, als sie ohne sie wären.

Ach, und vielen Dank an den Weihnachtsmann. Natürlich.

Doch am allermeisten möchte ich den beiden tollsten Kindern der Welt danken. Pearl Haig und Lucas Haig. Sie sind der Grund, dass ich Bücher schreibe. Sie bringen täglich Zauber in mein Leben. Das hier ist mein Versuch, ihnen ein klein wenig davon zurückzugeben.

Danke euch allen.

Frohe Weihnachten!